ROBERT

MAXIMILIAM

Novela

LAS AVENTURAS AMOROSAS
DE
RAMON BUENAVIDA

EL PUTO

En

AMORES FESTIVOS

2017
Versión tapa blanda

EL PUTO

«Las aventuras amorosas de Ramón Buenavida»

AMORES FESTIVOS

ISBN 978-1-988475-56-1

© copyright, 2017
Editada bajo el sello de
«EDITIONS ROMAX»

Nota

«Esta obra contiene escenas sexuales y un lenguaje vulgar no aconsejable para personas menores de edad, la discreción de padres y educadores es aconsejable»

Palabras del escritor

EL PUTO

Es una obra escrita en una narrativa romántica costumbrista. Llena de magia y pícardía típica del pueblo salvadoreño que retrata con humor, fantasía y bastante realismo las costumbres, hábitos y prácticas tradicionales.

A mediados de siglo XX, la sociedad salvadoreña estaba marcada por un machismo profundo dejado por la herencia española que piso esas tierras. Época de terratenientes, gobiernos militares y una economía basada en el cultivo y el comercio.

Esta novela para adultos está llena de escenas de sexo descritas de manera artística, con mucho sentimiento expresado de modo generoso y soñador.
Su personaje principal, Ramón Buenavida, encarna al tipo buen mozo que se aprovecha de su estatus social, cultural y económico para lograr caer en sus redes a cuanta mujer se le cruza por su camino. Su filosofía de vida es «amar a la mujer sobre todas las cosas por ser la creación más hermosa que Dios ha creado».

Se podría decir que la imagen del protagonista es, en cierta manera, el ideal de todo hombre de aquella época: aventurero, audaz, sociable, intrépido, servicial, alegre, romántico, de buen corazón, de buen temple y bañado en la gracia del sexo femenino. Es el sueño de aquel que quiere ser el eterno casanova.

Este personaje fue inspirado de la vida real puesto que en la sociedad salvadoreña, de los años setenta, muchos hombres actuaban de esta manera, haciendo de la conquista femenina un modo de vida.

Nuestro personaje principal «Ramón Buenavida» engloba todas las características de este modelo de hombre a quien cariñosamente se le llama «El PUTO» por su triunfo con el sexo femenino.

SIGNIFICADO DE LA PALABRA

PUTO

En la jerga salvadoreña, la palabra «PUTO» se emplea para identificar a un hombre que se mete con muchas mujeres. Es el típico macho que no se fija en el tamaño, edad, color, religión, estatus social, profesión, estado civil y nacionalidad para meterse en la cama con una dama. Por lo general, es aquel personaje que tiene mucha labia, comodidades económicas, muchas relaciones sociales y con un alto grado aceptación popular.

Indice

EL PUTO

en

AMORES FESTIVOS

INTRODUCCION

Nuestro héroe, Ramón Francisco Benavides que con el paso del tiempo llegó a convertirse en Ramón Buenavida, es más conocido como EL PUTO. Su historia marcó una época en la costa del territorio salvadoreño. Sus innombrables aventuras amorosas fueron la comidilla de muchas mujeres y la envidia hombres de todas las edades.

Ramón Buenavida, quedó huérfano de madre a la edad de tres años y su cuido quedó a cargo de la sirvienta de la casa, Matilde. Su padre, Don Ramón, un hombre dedicado al cultivo y al negocio de animales, como la mayoría de padres de esa época, no se ocupó mucho de su único heredero.

A los doce años de edad, su padre se vuelve acompañar con doña Cristina que posée tres hijos: Cristina María de dieciséis, Evelyn de catorce y Juan José de doce años respectivamente. A partir de la llegada de la nueva familia, Matilde decide acompañarse con Pancho, un trabajador del campo.

Ramón no toma en serio sus estudios y, al entrar en la preadolescencia, se dedica a tratar de descubrir los placeres de la vida. Aunque su curiosidad masculina fue desarrallada a más temprana edad, en esta época sus experiencias con el sexo opusto pasaron de la simple curiosidad al contacto físico,

Al cumnplir los quince años su padre lo encamina en los caminos del negocio porque el cultivo de la tierra no era su fuerte. En esta misma etapa, su progenitor lo introduce de lleno al mundo de la seducción de las mujeres dándole una cátedra de cómo tratar al sexo opuesto.

Los inicios empresariales del joven comerciante le abren un mundo desconocido, fascinante y, hasta cierto punto, aventurero. Sus dotes personales le facilitan la tarea y, de la noche a la mañana, se encuentró con la gran sorpresa que hacer dinero de la nada era como pan comido.

Su primer negocio lo hizo en tierras chapinas y con un amigo ganadero de su padre. Ahí recibió, quizás, el más grande regalo que la vida le puede dar a un hombre, la medicina para responder en todo tiempo a una mujer. Fue un chamán maya quien le obsequió la pomadita mágica que lo convertiría en la envidia de todo hombre.

Las aventuras amorosas comenzaron a caer, una a una, sin poner mayor esfuerzo. Su fama y popularidad fue creciendo como la espuma y, con ello, la cosecha de la recolta. Como le decían sus compañeros de juerga, se había convertido en un verdadero puto porque no había falda que se quedara arriba en su presencia.

Era normal que en ciertas ocasiones se ausentara del lugar por varios días e inclusive durante meses. Hasta era benéfico para su salud social porque al volver lo recibían con los brazos abiertos.

En una de esas venidas a su terruño querido. Una noche de fiesta en el pueblo, el joven tunante disfrutaba de una cerveza «Pilsener» con uno de sus trabajadores bajo la refrescante sombra de una champa frabricada de palma.

CADA OCASION ES UNA MINA DE ORO

«*Con las mujeres, las oportunidades no hay que dejarlas pasar; posiblemente, nunca más se repitan* »

El Puto

En la fiesta de San Martín de Porres

Era la fiesta del santo de la escoba y de los barberos, san Martín de Porres. A inicio del mes de noviembre, el verano ya pegaba fuerte y los vientos de octubre todavía hacían sentir su temperamento.

El pueblo entero se había pintado de fiesta. Todo el mundo, de alguna manera, trataba de sacar provecho de aquellos días del año en los cuales venía mucha gente al lugar. Era la ocasión esperada para terminar el año de buena manera, con plata en los bolsillos.

Para ese fin de semana, el pueblo se vestía de gala y las actividades se seguían de manera ordenada. Las más importantes eran: la elección de candidatas, las carreras de caballos, de gallos, jaripeo, juegos de fútbol y se terminaba con la coronación de la reina de las fiestas patronales que se realizaba por medio de la venta de votos. A dicha fiesta, normalmente, se contrataba una orquesta de renombre que atraía a todos los bailarines de las cercanías.

La fiesta daba inicio cinco días antes con el anuncio, por medio de altavoces, de las actividades de la fiesta y el desfile de candidatas. Éstas siempre iban sentadas sobre la capota de algún vehículo y a su paso lanzaban dulces para los cipotes.

Los día más importantes era el sábado y el domingo. Aunque si el día tres caía en semana, se celebraba una misa solemne a la que estaban obligados de asistir todos. Buenos, todos los católicos que se decían practicantes.

En el lugar casi no había espacio para caminar porque las champas de hojas de palma y de bambú reducían el camino. La gente se atropellaba al moverse pero todo era alegría y diversión. En esas champas se podía obtener casi de todo: comida, bebida, ropa, dulces, platos típicos y artesanías. Claro que no podía faltar los dulces de coco, nance y marañón; las melcochas, los algodones, los mango cumbia, los elotes locos y las minutas.

Ese año, la fiesta del morenito de Perú cayó en viernes y a las seis de la tarde estaba terminando la mentada misa. La parroquia estaba repleta de fideles y, en ese momento, salían en desbandada.

Ramón Buenavida, apodado EL PUTO, se encontraba frente a dicha parroquia disfrutando de una cervecita bien helada. El tipo disfrutaba del desfile de modas que realizaban todas las mujeres del lugar.

El tipo tenía algunos días de haber regresado de un viaje de negocios, como él le llamaba a sus continuas escapadas. En esa ocasión había estado ausente casi tres meses.

De repente, una voz masculina lo nombra con cierta antipatía y arrogancia para llamar su atención.

— ¡Miren lo que tenemos por aquí! El señor puto nos honra con su visita. ¿Qué ondas cabrón? ¿Qué te habías hecho? ¿Tenía días que no veía ni tu sombra?

— ¿Qué pasó mi querido Ramiro? ¿Vienes de lavar tus pecados o de cumplirle a tu mami? ¡Imagino que sigues siendo un parásito!

— ¡Por ahí querido vago! Y sí, ¿por qué negarlo? Si tengo quien me mantenga los gustos, no como otros que se las tienen que arreglar para bajarse a las viejas. Pero te cuento que ya no vivo con mi vieja.

— ¡Ya era hora! Hasta te has tardado mijo. ¡Eso hay que celebrarlo! ¿Te invito una birria heladita?

— Te la acepto por simple cortesía pero prefiero un roncito.

— ¡Cómo siempre dándotelas de tufoso!

— Si tengo cómo presumir porque ocultarlo. ¡A las viejas les encanta eso! Así que hay que darle lo que ellas quieren ver.

— ¡Eso es verdad! ¡Brindemos por ellas aunque mal paguen!

— ¿Y qué ondas? ¿No fuiste a misa?

— ¿Para qué? Si ya fui a inicios de año. Con una vez basta para tener en en tu corazón al hijo del «mero, mero».

— Yo prefiero ir más seguido, no vaya a ser que la «pelona» me agarre descuidado. Creo que es mejor que me agarre confesado.

— ¿Por eso es que vistes de negro? —El Puto sabía que desde que había hecho un viaje a no sé dónde, el tipo había llegado con esa «pila». Inclusive le gustaba que lo llamaran «el zorro».

— ¡Nada que ver! Simplemente es para andar en la moda.

— ¡En la moda de zopilote tal vez!

— Pues verás que a las viejas les encanta.

— ¡Me contaron que te habías levantado a una bichita que ni pesaba las cincuenta libras aún!

— Ni tanto, pero es verdad que estaba buena la monita.

¿Y el tata no te dijo nada?

¡Con esta mecha que me manejo ni levantó la mano el ruco! ¡Claro que le di un par de billetes y una novilla para calmarle los hervores!

¡Deja de ser un infanticida porque un día de estos te van a joder! Hay tanta mujer hecha y derecha para quitarse las ganas. ¡Déjalas que crezcan!

— ¿Por qué? ¡A perro viejo carnita de pichón!

En ese momento un carro se paró frente a la champita y pitó para llamar la atención del zorro. Al verlos, le hizo señas al puto para alejarse y conversar con los recién llegados. A Ramón le parecieron muy extraños aquellos individuos con acento chapín. Luego se daría cuenta que su amigo andaba metido en el de tráfico de las drogas.

El zorro se subió en el vehículo y se marchó del lugar. En ese momento, a la pequeña champa llegaron dos muchachas que rondaban los dieciocho. Como nuestro héroe no era un cualquiera, desde la primera vuelta se dio cuenta que las bichas lo andaban rondando.

El chico sonrió porque sabía por dónde iba el asunto cuando las vio pararse y decidirse a entrar. Así que se puso las pilas y pensó que no estaban nada mal. Se dijo, entonces: « ¡Vamos a ver cual de las dos quiere comer de mi masa! ».

Las cipotas pidieron algo de tomar y la dueña del lugar les cantó todo su repertorio de bebidas. Las chicas se decidieron por un fresco de horchata. Hasta ahí sólo eran sonricitas y mucha coquetería para llamar la atención. Cuando se decidían pagar, Ramón intervino.

— ¡Si me permite este par de preciosuras me será un placer invitarlas! ¡Ponga todo en mi cuenta por favor doña!

La señora se les quedó viendo a las cipotas y cómo no se decidían, le dio un empujoncito.

— ¡Vamos señoritas! No sean tontas que esto no es de todos los días. Aprovechen ahorita que son jóvenes porque cuando sean viejas nadie las querrá invitar.

Las chicas un poco avergonzadas aceptaron la invitación. El joven aprovechó la ocasión para entrar en la partida.

— ¡Me suena que las conozco! ¿Tú eres hija de...?

— Don Melcliades. —Agregó rápidamente la mujer.

— Ya recuerdo, ustedes viven camino a la garita.

— ¡Si! En la casa de madera color marrón.

— ¡Tu eres entonces...!

— Maribel.

— ¡Guau! ¿Cómo has crecido? Tú fuiste candidata de las fiestas anteriores, ¿Verdad?

— ¿Se recuerda?

— ¿Cómo no me voy a acordar? Si eras la más linda.

— ¡Pero no gané!

— No ganaste para los demás, pero para mis ojos eras la más linda.

— ¡Gracias!

— Me hubiera gustado sacarte a bailar pero según sé tus padres son bastante estrictos. ¡Creo que no les hubiera gustado mucho si me acercaba a tí!

— ¡A ellos no pero a mí sí! —Le regaló una bella sonrisa coqueta.

— ¿Vas a ir al baile? ¡Quizás podamos bailar o al menos conversar esta vez!

— ¡No iré! ¡Estoy castigada!

— ¡Qué lástima!

— ¡Si! Sobre todo que me voy a quedar solita porque toda la familia va a ir al baile.

El chico comprendió el mensaje y acercándose al oido, le dijo al oido mientras le tocaba el brazo.

— ¿Entonces puedo llegar a visitarte?

— ¡No lo creo! Si mi padre se entera me mata.

— No tiene por qué enterarse. ¡Digamos en la parte trasera de tu casa! ¿A qué hora se van tus padres?

— A las ocho.

— ¡Entonces a las ocho y media voy a estar por ahí!

En ese momento, la otra amiga le jaló de la mano para decirle que su madre se acercaba. Rápidamente salieron del lugar, pero la madre que no era tonta se dio cuenta de la presencia del tipo. La mujer aprovechó para sermonear a ambas mujeres porque, según ella, no sabían con quien se estaban metiendo. Pero la verdad, le llevaban bastante delantera a la progenitora en ese aspecto y sabían muy bien lo que querían.

A las ocho y media estaba rondando los alrededores de la casa. Antes de eso, él se había cerciorado que la familia no estuviera ahí, su compañero de juerga lo secundaba en el asunto y, en cierta menera, le resguardaba la espalda.

Por su lado, la muchacha, para despistar a sus padres se había cambiado de ropa con la intención de mostar que se iría a la cama. A la hora indicada, sin encender la luz, salió al patio trasero para ver si Ramón cumplía su promesa. Caminó en dirección de unos árboles frutales y se acostó sobre una hamaca. Según ella, para esperarlo pero más no sabía que el tipo la tenía bien vigilada desde lejos.

Ramón se acercó y la saludó suave pero con prestancia. La mujer medio se sorprendió.

— ¿Usted acá? ¡Pensé que estaba bromeando! —Se sentó sobre la hamaca mientras el joven se quedaba parado mirádola con una sonrisa coqueta.

— ¡Yo soy un hombre de palabra! —La miró con ojos profundos.

— ¡Ya lo veo! — Se puso de pie para quedar frente al muchacho.

— ¡Está linda! ¿Imagino que así te duermes todas las noches o te vestiste así para mí?

La mujer se sonrojó y no supo que decir. Luego, agregó:

— ¡Usted les debe de decir lo mismo a todas!

— ¡No! ¡Sólo a las mujeres hermosas como tú! —Se le acercó y tomándole las manos se las llevó cerca de la boca para besarlas suavemente.

— ¡Me pone nerviosa! —Le dijo sonriéndole y mirándolo a los ojos con mirada de niña embebida.

Le tocó el mentón y le dijo:

      — ¡Tengo ganas de besarte! ¿Me regalas un beso?

      — ¡Si quiere! —Le respondió levantando su cara para ofrecerle los labios.

A partir de ahí casi no hubieron palabras porque tanto él como ella, se ofrecieron una y mil caricias sin escatimar nada ni poner reparos. A los quince minutos, la tenía murmurando sílabas mientras le hacía el amor detrás de un árbol de mango.

En determinado momento, cuando estaban terminando el tercer asalto, se escuchó el relinchar de unos caballos llegando a la casa por la parte delantera. La bicha paró todas las acciones y previno al visitante de la presencia de su progenitor. Sin andar con tantos cuentos se separon marchándose cada uno en direcciones contrarias.

Cuando la cipota estaba por llegar a la casa, el padre la salió a recibir con una mirada de pocos amigos. Le preguntó que con quién estaba y ésta le respondió que con nadie, que solamente estaba meciéndose en la hamaca observando las estrellas.

Entre dientes el padre murmuró la última frase y no muy convencido, sacó una lámpara de cazar y alumbró por todos los alrededores con tan buena suerte que logró ver un bulto que saltaba unos cercos. Sin andar con tantos cuentos sacó su pistola nueve milímetros y disparó varios plomazos cerca del lugar.

La hija se asustó tanto que gritó como loca pidiéndole que no fuera a matar a nadie. El padre muy enojado envió a tres de sus trabajadores a perseguir al supuesto visitante. Los tipos en sus caballos comenzaron la persecución a todo galope.

Mientras tanto, Ramón que les llevaba unos doscientos metros de distancia no disminuía su cabalgata y saltaba cuanto cerco se le ponía por delante. En su huida encontró un maizal y se metió sin andar con tantos cuentos. Sus botas de cuero de cocodrilo no le ayudaban mucho y el sonido de los jinetes, detrás de él, se escuchaba cada vez más cercano.

De repente, llegó al final del sembrado y se encontró con un muro de ladrillos como de dos metros de alto. Rápidamente escogió un árbol y, en dos patadas, se subió para luego saltar al otro lado de la pared.

Cayó como gato sobre sus pies y se corrió rápidamente detrás de un palo de mango. Trató de agudizar sus oídos para detectar el movimiento de sus perseguidores. Su corazón seguía bombeando a tambor batiente.

De repente, la luz de una lámpara de mano le cegó la mirada. Su reacción fue cubrirse el rostro con su mano para tratar de evitar la luz. Y le dijo, en voz baja, a la persona que lo iluminaba que por favor apagara la luz porque lo iban a descubrir.

Una voz de mujer lo saludó, llamándolo por su nombre:
— ¿Ramón qué hace aquí? ¿No me diga que lo andan siguiendo? ¿En qué anda metido muchacho? —Se lo dijo tranquila y a media voz.

De inmediato reconoció la voz de doña Imelda, la esposa de don Genaro, el boticario.
— ¡Doña Imelda, lo siento por entrar así pero las circunstancias me obligaron!

En ese momento, las luces de los perseguidores alumbraron las ramas de los árboles por donde había subido el chico. Habían sido los pájaros que se habían espantado que lo habían puesto en evidencia.

Ramón, en un gesto rápido, agarró de una mano a la mujer y la atrajo hacia él diciéndole:

— ¡Por favor escóndase no la vayan a ver! ¡Están armados!

La mujer sorprendida pero contenta se pegó al chico y le dijo:

— ¡Qué miedo! Y al mismo tiempo ¡Qué interesante!

— ¡Tranquila que no le va a pasar nada!

— ¡Y si me pasa ojalá que sea algo bonito! — Le dijo restregando sus senos en el pecho del joven.

Hasta ese momento el chico no la había agarrado, pero de inmediato reaccionó sonriéndole.

— ¡Espero que no le moleste que la abrace un poco! Digo, para protegerla.

— ¡Protéjame todo lo que quiera! ¡Que yo encantada! El único problema es que me agarró con poca ropa y solita.

— ¡Creo que voy a tener que verificarlo! —Le dijo susurrándole al oido mientras sus manos se movían por todo su cuerpo.

— ¡Verifique todo lo que quiera! ¡Soy materia dispuesta! —Le dijo la señora poniéndose a besarlo en el cuello.

Ramón se olvidó de sus perseguidores y se metió de lleno en la seducción de aquel nuevo reto amoroso. Sin andar con tanto amague, aquel camizón cayó como plomo por los suelos y ahí mismo completaron su primer gran episodio.

Cuando las aguas comenzaron a llegar a su nivel normal, después de dos subidones de adrenalina. La dama se colocó de nuevo su prenda y, como si nada hubiera sucedido, le dijo con una sonrisa de oreja a oreja:

— ¡Cayó como regalo del cielo! ¡Me estaba ahogando en esta soledad! —Le dijo la mujer mirándolo cariñosamente.

— ¿En verdad está solita? ¿Y su esposo?

— ¡De seguro debe de estar bien borracho con sus amigotes en la fiesta! Siempre es lo mismo en estas fechas, por eso no me interesa andar con él para no hacer el ridículo.

— ¿Le molestaría prestarme su baño para darme una pequeña ducha? Con esta corrida y nuestro encuentro estoy que apesto.

— ¡Claro que sí! Pero con una condición

— ¿Cuál? —Le preguntó conociendo la respuesta por la mirada que le hacía.

— ¡Qué me permita bañarme con usted! Nunca lo he hecho con un hombre, ni con mi marido.

— ¡Por mi no hay problemas! Solamente que ahí adentro puede pasar de todo.

— ¡Ojalá pase mucho! Porque también tengo mis propias ideas.

— ¡Entonces unamos nuestras ideas y veamos que pasa! —Le dijo el muchacho tomándola de la cintura y enrollándola por detrás.

A la mujer no le dijeron dos veces y tomándolo de la mano lo metió a su casa para realizar algunas fantasías de mujer casada.

Como a la hora, Ramón iba llegando al baile en la escuela del lugar y el ambiente estaba a todo dar. Bien fresco, como lechuga, entró al recinto educativo saludando a cuanto conocido se le atravezaba en el camino. Lo primero que pensó fue refrescarse con una bebida por lo que se dirigió al bar. El calor sofocante, con tanta gente apuñuscada, solamente invitaba a buscar una cerveza bien helada.

La fiesta estaba a todo dar, se podía decir que todas las mujeres bellas de aquellos lugares habían salido de sus escondites para gloria y gracia de los hombres.

La moda de aquel entonces estaba muy bien representada por la juventud presente, el movimiento hippie comenzaba a meter su nariz en el sentir de los muchachos y muchachas. Muchos tratando de dar opisición a lo antiguo, vestían más relajados, cómodos y natuales. Había algunos que se atrevían a ponerse camisas teñidas, collares enormes, zapatos de tacón alto, pantalones de campana, vestidos con colores brillantes y sin contar los cortes de pelo corto en las mujeres. La minifalda solamente algunas se atrevían a ponérsela.

Ramón estaba disfrutando de su cerveza «Pilsener», cuando llegó a buscar unas bebidas su más acérrimo contrincante en el asunto de la las mujeres, el zorro.

El tipo se hacía acompañar por una hermosa mujer de ojos verdes, de buen cuerpo y de cabellera castaña. Ramón no pudo dejar de sorprenderse porque tal espécimen de mujer no se paseaba tan fácilmente por aquellos lugares. Esa era la primera vez que la veía.

El zorro, bien culón y pavoneando su pareja, se acercó al mostrador de las bebidas. La mujer, en cambio, no parecía muy a gusto siendo la mirada de medio mundo en la fiesta. Eso sí, para que negarlo, la belleza de la dama sobresalía del resto de las dams presentes en aquel recinto.

El tipo quedó tan sorprendido que no pudo evitar tirarle un piropo.
— ¡Puta hombre! ¿De dónde has sacado esta hermosa mujer?

La esposa del zorro le clavó la mirada como queriéndolo crucificar. El joven se dio cuenta de la metida de pata y no le pudo sostener la mirada. Era la primera vez que le ocurría aquello con una mujer.

— ¡Tranquilo Camilo! Te acuerdas que te dije que me había separado de la casa de mi madre. ¡Ella es la culpable! ¡Te presento a mi mujer!
— ¡Encantado de conocerla! ¡Mi nombre es Ramón!
— ¡Mejor conocido como el puto! —Se apresuró en nombrarlo el marido.
— ¡Encantada! ¡Mi nombre es Magdalena! Pero no la llorona. —Lo dijo con un tono bastante áspero.

Ramiro, el zorro, se apresuró en intervenir para evitar que siguieran la conversación. Él sabía que si había un hombre a quién no darle entrada en su casa era precisamente al que tenía frente a él.

— ¡Qué ondas! ¿Estás solo con tanta mujer bonita? ¡No me digas que te me estás volviendo del otro lado!
— ¡Eso nunca, pero si eso ocurre serás el primero en saberlo!
— ¡Mangos! ¡A otro con ese traje! —El tipo se sacudió la ropa en signo rechazo como si tuviera polvo.
— ¡Deme una cerveza y una gaseosa de fresa! —Pidió de manera prepotente al dependiente mostrándole unos billetes.
— ¡Lo siento pero tiene que comprar los cupones en aquella esquina don Ramiro! —Le respondió muy cortés el vendedor.
— ¡Ah! ¡Sólo son inventos! ¡Ya vengo! —Se retiró del lugar dejando a la mujer en compañía de Ramón.
— ¿Así es siempre? —Le preguntó la esposa al disque amigo.
— ¡Desde que lo conozco no ha cambiado ni una pizca! ¡Talvez usted lo puede cambiar un poco!

— ¡Ni soñando! Soy demasiado grandecita para saber que un hombre no cambia de la noche a la mañana. ¡Ese será mi calvario! — murmuró entre dientes.

En ese momento se presentó ante ellos, la hermana mayor del zorro que se llamaba Isabela.

— ¡Veo que ya se conocieron! —Lo dijo de manera despectiva.

— ¡Hola Isa! ¿Cómo le trata la vida?

— ¡Yo bien! ¿Y usted?

— ¡De maravilla!

— ¿Quería saber si quiere bailar conmigo? —Le tomó la mano casi rogándole.

Ramón se sorprendió porque la mentada chica nunca se le había acercado para saludarlo y en ese momento le tomaba de la mano. Él se sintió un poco incómodo y descortés dejando a la mujer del zorro plantada. Pero ésta se apresuró a desligarlo de aquella pequeña incomodidad.

— ¡Vaya nomás! Parece que mi cuñadita anda de afán. —Ambas se lanzaron dardos con los ojos.

Mientras unos se iban, el zorro llegaba con los billetes para reclamar las bebidas. Las recibió y se las comenzaron a beber. El tipo no anduvo con tanta miseria y se la cruzó de una. La mujer lo quiso detener y el joven se enojó con su pareja alzando la voz.

— ¡Nunca lo vuelvas a hacer! ¡A mi nadie me dice que hacer con mi vida! ¡Entiendes!

— ¡Disculpa! ¡No lo vuelvo a hacer!

Le respondió la esposa bajando la voz y volteando a ver hacia los bailarines para que aquel momento embarazoso se esfumara sin más. Ramiró, por su parte, se sintió más gallito y pidió otras dos cervezas que igualmente se fueron tan rápido como llegaron.

Mientras tanto, en una esquina, la madre del zorro vigilaba a su hija mayor que bailaba con el supuesto tunante de esos lugares. Aunque era muy amiga del padre, el hijo no mucho le caía bien. Cómo decían las lenguas, en ese matriarcado no había más palabra que el de la señora.

A Ramón aquella dama lo ponía un poco nervioso aunque nunca le había dicho nada fuera de lo normal. Se saludaban sin mayores protocolos y con la misma cambiaban de dirección. Casi eran como polos opuestos.

El chico no le aguantó más de tres canciones a Isabela y la fue a dejar cerca de la madre. La saludó fugazmente y se marchó a buscar otra cerveza.

Cuando llegó al lugar, se procuró una botella de agua para quitarse la sed. Bebiendo el líquido estaba cuando de nuevo se presentó el zorro todo sudado con su mujer al lado. Cómo ya tenía los tiquetes, solamente pidió las bebidas. La mujer quiso igualmente una botella de agua al ver tomar al puto.

    — ¿Y vos que ondas? ¿A quién quieres engañar? ¡Tomando agua! ¡Si no tienes dinero te invito! —Le ofreció un tiquete.
    — ¡Tranquilo! ¡No te preocupes por mí! Tengo y creo que me sobra para darme mis gustitos.

En ese momento se presentó una candidata y lo llamó por su nombre, pero de manera coqueta.

    — ¡Ramón! ¿A mi no me ha comprado votos? ¡Vea que si me hace ganar yo estaré muy agradecida! —Se lo dijo acercéndose a él.

El tipo solamente sonrió y sacó muchos billetes. Se los dio y le dijo:

— ¡No sé si con esto te voy a hacer ganar pero espero que te baste!

— ¡Claro que sí! —Dijo la muchacha agarrando el billete y dándole las gracias.

— ¡Luego hablamos! —Le dijo sonriéndole.

En ese momento, los mismos tipos con quienes había hablado el zorro por la tarde, le hicieron señas desde la distancia.

— ¡Ya vengo! —Les dijo.

La esposa pareció que no mucho le gustó aquel desplante, pero se aguantó la rabia.

Para hacerla cambiar de humor y quizás para hacerse perdonar un poco, Ramón quiso iniciar una conversación.

— ¿Cómo llegó hasta estos lados? ¡Supongo que no es de por aquí, sino ya me hubiera dado cuenta! —Le preguntó mientras hacía el semblante de tomar.

— ¡Por esas cosas de la vida! ¿Tanto se nota? —Lo dijo sin mirarlo.

— La verdad no hay mucha mujer de piel blanca ni de ojos verdes por aquí.

— ¡Soy chalateca! ¿Conoce?

— ¡No! Pero parece que iré a dar una vueltecita por allá.

— ¡Aquí hay mujeres bonitas también! Y por lo que he visto, bastante aventadas.

— ¡No me quejo!

Ramón se da cuenta que la suegra la tiene al ojo y le pregunta:

— ¿Y cómo se lleva con la suegra y las cuñaditas?

— ¿Cómo se imagina? ¡De patadas! No me imaginé que me acompañaría con un marido mandilón.

— ¡Tiene una buena batalla por delante!

— ¡Dígame a mí!

— ¡Le deseo buena suerte con ese hueso!

— ¡Gracias! Per no creo que sea suerte la mía. —La mujer puso una cara de trsiteza que hasta la noche la sintió.

En ese momento, un trabajador le llega a dejar un mensaje, alguien lo quería ver. La mujer lo ve y le dice que no tenga cuidado, que vaya a realizar sus diligencias. Antes de dejarla, le dice que ha sido un placer conocerla y la mujer no le responde, pero se esfuerza en ofrecerle una sonrisa.

El joven aprovecha para alejarse porque había demasidos ojos puestos sobre ellos y esa situación no le gustaba para nada, él prefería ser más discreto en los asuntos de faldas. Además, ese huesito estaba un poco complicado porque pertenecía a un depredador conocido y, hasta cierto punto, había un respeto entre los dos. Como dicen, « a esos tipos mejor hay que tenerlos un poquito alejaditos por si las dudas».

La nueva profesora

Mientras se alejaba, se encontró de improviso con una de sus antiguas maestras, doña Marta, quien al verlo lo saludó muy efusiva. Se saludaron y la doña le presentó a la nueva profesora, Gladys.

En ese momento estaban casi por marcharse de la fiesta y estaban un poco decepcionas porque casi no habían bailado por falta de compañía masculina. Al menos eso le dio a entender la profe Marta.

Cuando el joven escuchó aquella afirmación, les dijo que con mucho gusto trataría de cambiar aquella percepción que tenían. Las invitó a bailar, una a la vez hasta que la mayor le cedió el terreno a la más joven.

Los dos chicos se entendieron a las mil maravillas. Gladys, que era originaria de Santa Ana, tenía otra mentalidad en relación a las jóvenes del campo. Se tomaron unas cervezas y cómo a la una de la mañana decidieron marcharse a su hogar.

Ramón muy gentilmente se ofreció a acompañarlas para que no se fueran solas. Ellas encantadas aceptaron la compañía. La nueva maestra estaba hospedada en casa de doña Marta.

Mientras caminaban fueron bromeando y, en en cierto momento, las mujeres se quitaron los zapatos porque no los aguantaron. Muy galante, el chico se ofreció ser su lazarillo. Ese gesto sedujo a la más joven quien se colgó literalmente del joven, sin contar que las cervezas la habían puesto bastante coquetona.

Al llegar a la morada, la dueña de la casa se despidió aduciendo que estaba completamente cansada. Su experiencia le indicaba que en aquellos jóvenes un fuego estaba calentando los ánimos.

Al quedar solos, la chica se recostó sobre la puerta de entrada y muy coqueta le preguntó:

— ¿Le gustaría tomar algo?

— ¡Me gustaría y mucho! —Se le acercó y se puso a jugar con el cabello de la joven que solamente lo miraba.

— ¿Qué cosa? —Le contestó poniéndole las manos en el pecho.

— ¡Un beso de sus labios! —Le acercó su boca.

— ¡Con gusto! —La mujer se apretó al joven sediento de un poco de amor.

Ramón aprovechó y se lanzó a la conquista, a los pocos minutos la tenía con una pierna alzada y bien mojadita. La profesora tomando un poco de recato lo apartó de su lado y se arregló la falda de su vestido.

— ¡Lo siento! ¡Aquí nos pueden ver y usted sabe!

— ¿Déjeme entrar en su cuarto?

— ¡No lo sé! ¡La profe se puede enojar conmigo!

— ¡No le digamos nada! — Se le acercó y se puso a besarla cerca del cuello.

— ¡No sé! ¡Pero me gusta! —Le decía suave ofreciéndosele al pegarse al tipo.

— ¡Si me abre la ventana puedo entrar a su cuarto!

— ¿Usted cree?

— ¡Creo y quiero! —La volvió a poner contra la pared y con uno de sus senos al aire libre disfrutando del placer de la lengua de aquel amante.

Cuando la mujer ya estaba del otro lado del puente, solamente le dijo:

— ¡Esta bien! ¡Espereme un segundo mientras entro y le abro la ventana!

La mujer se metió a la casa y con la misma cerró la puerta de entrada. Mientras tanto, el puto se fue a esperar al pie de la ventana. A los segundos, muy suavemente estaba abriendo las dos pequeñas alas de aquella entrada de madera.

Desde ese momento, las palabras dejaron de salir de sus bocas. La nueva profesora estaba recibiendo el bautismo de aquel lugar que la acogería por varios años.

La mujer del zorro.

Como a la hora, Ramón estaba saliendo de la casa de la nueva profesora y apuntó de nuevo hacia el baile. Las calles en aquel pueblo no estaban muy bien ilumindas, solamente la principale tenían a cada cien metros un poste con una lámpara que alumbraba solamente a su alrededor, digamos unos diez metros, máximo.

La casa de la profesora se encontraba en medio de dos postes de luz por lo que la oscuridad escondía fácilmente a aquel amante nocturno. Satisfecho de su logro, se puso a caminar en dirección de la fiesta. Ni bien había caminado unos pasos, cuando a los lejos, vio la imagen de una mujer que venía en su dirección. Aquella dama, caminaba con las manos cruzadas como alguien que tenía frío; su semblante no era muy positivo porque parecía mirar hacia el suelo. Afinando su mirada, la silueta le pareció conocida. Entonces, para no asustarla, caminó un poco más rápido para llegar a una casa que tenía un foco encendido en su entrada. De esa manera ella lo reconocería.

La mujer venía tan metida en sus problemas que no se percatado de su presencia del joven. Pero cuando lo tuvo cerca, cómo a unos cinco metros, se paró en seco y levantó la mirada. Al verle el semblante, Ramón comprendió que por lo oscuro del lugar, ella no lo había reconocido. Elevando un poco su voz, le dijo:

    — ¡Por favor no se vaya a sustar! ¡Soy Ramón!

Al escuchar la voz de aquel muchacho, la mujer lo reconoció y le respondió de manera seca.

    — ¡Ah! ¡Es usted! ¡No lo había reconocido!

    — ¿Está bien?

    — ¡Sí, gracias!

— ¿Segura? ¿Quiere que le acompañe?

— ¡No gracias! ¡Se puede meter en problemas por mi culpa!

— ¡Lo dice por su marido!

— ¡Por quién más!

— ¡Si no está aquí! ¡Eso significa que no vendrá! De la escuela hasta aquí son más de cinco minutos. El tiempo suficiente para reflexionar y decidir si se pide disculpa o no. ¡Cómo no se siente culpable de nada y para no quedar mal parado con sus amigos y familia, es decir su madre, prefirió que se viniera sola!

— ¡Eso parece! —La mujer siguió caminando y volvió a entrar en la oscuridad.

Ramón la siguió a cierta distancia y luego le dijo:

— ¡Siento que no tengo que dejarla sola!

— ¡Si eso es lo que siente, no es mi problema! La calle es amplia y puede hacer lo que quiera.

El muchacho siguió caminando detrás de la dama sin decir nada. Después de unos pasos, la mujer se paró en seco y sin mirrlo, le preguntó:

— ¿Qué es lo que quiere? ¡Mire que se puede meter en problemas!

— ¡No quiero nada! Pero me nace acompañarla, aunque no me lo crea no me gusta ver una mujer llorando.

— ¡No se preocupe! ¡Creo que así como vamos, me voy a tener que acostumbrar rápido o... salgo huyendo! —las últimas palabras casi ni se escucharon.

La mujer siguió caminando y el chico apresuró el paso para ponerse a unos metros con la finalidad de gritar al hablar. Magdalena le dijo entonces:

— ¡Si me va a acompañar y se piensa arriesgar! Entonces es mejor que se coloque a mi lado. ¡No sirvo para tener cola!

Ramón no esperó a que se lo repitieran dos veces y aceleró su paso hasta que se puso a su compás. Al estar a su costado, la mujer le sugiero:

— ¡Por favor! Cuando lleguemos a la próxima luz se queda en lo oscuro para que no nos vean pasar juntos. —Era la última luz antes de salir del pueblo.

En esos metros no se dijeron una sola palabra. Solamente caminaron en silencio. Al asomarse a la luz de aquel poste, el puto se detuvo y se quedó admirándola al pasar por la claridad. Luego, se pasó por el lado menos claro de la calle y se apresuró hasta alcanzarla. La noche estaba un poco oscura por culpa de unas nubes en el cielo.

Se puso al paso y caminó a su lado por unos minutos manteniendo un silencio profundo. En sus adentros, él sabía que lo peor que se le puede hacer a una mujer es ignorarla y dejarla en el silencio total. Cabal, de repente, sin mirarlo le dijo:

— ¡Gracias por acompañarme! Sé que se está jugando la vida por mí. En verdad me daba un poco de miedo caminar sola por estos lados.

— ¡Es un verdadero placer!

— Aún así creo que estaría mejor acompañado en el baile.

— ¡Tranquila! Pero sabe una cosa... las compañías las escojo yo. En este momento escogí estar a su lado y no me arrepiento. Mil mujeres pueden estar en el baile esperando por mí, pero en este instante solamente una me interesa... acompañar.

Magdalena al escucharlo hablar no dejó de esbozar una sonrisa y pensó «ahora sé por qué tiene tanto éxito con las mujeres, es muy galante. Ojalá mi marido tuviera algo así conmigo».

Siguieron caminando en la oscuridad en aquella calle polvosa y llena de piedras de río. En ambos lados de la calle había monte y arbustos que se confundían con los alambrados de púas que dividían los terrenos. A su derecha, un pastizal con algunas vacas comiendo paradas y, del lado izquierdo, un terreno baldío. En ambos alambrados, los árboles de tempate servían para darle solidez a los cercados. Otras plantas se mezclaban con dicho árbol como la campanilla, la zarza y los cactus. Como a unos mil metros de distancia, se encontraba la casa del zorro escondida entre árboles frutales y un jardín florido. Aquella calle solitaria apenas mostraba su silueta desvaneciéndose entre lo tenue de una noche de otoño.

Quizás después de que el enojo le había pasado, la mujer se sintió más cómoda para platicar. Y queriendo entablar una conversación le dijo:

— ¡Así que le dicen el puto! ¡Imagino de dónde viene ese apodo! Según pude observar tiene muchas admiradoras.

— ¡No me quejo! Y por lo del apodo... ¡Son puros cuentos!

— Un refrán dice que cuando el río suena es porque piedras trae.

— También hay otro que dice la verdad tiene dos caras, la tuya y la mía.

— ¿Eso significa que tiene algo de verdad?

— ¡Qué la verdad me pertenece y qué si quiere tener su verdad tendrá que mojarse!

— ¡Umm! ¡Esas aguas son muy peligrosas! ¡Además, yo ya tengo marido! ¡Y usted conoce que tipo de ser es!

— ¡Es verdad... tiene marido y me lo puedo! Pero como dicen por ahí: nadie es dueño de nadie; ni nadie está seguro de nadie.

— ¡Eso es verdad! Aquel que se confía de la boca se le puede caer el bocado.

— ¡Por eso no hay que descuidar lo que se tiene!

— ¡Los hombres son muy tontos!... ¡No saben apreciar a sus mujeres! ¡Lo digo por los casados! —Sonrió pícaramente.

— La entiendo y estoy de acuerdo.

— ¿Le puedo hacer una pregunta?

— ¡Pregunte y veremos!

— ¿Por qué no se ha casado o acompañado?

— Simple. Primero porque no he encontrado a alguien que me motive a quedarme en un solo lugar; segundo, porque no estoy preparado para ser marido, no me siento preparado; y tercero, porque me gustan demasiado las mujeres para serle fiel a una sola. Creo que es mejor ser honesto consigo mismo y con mis mujeres.

— ¡Interesante! ¿Tiene muchas?

— — ¿Qué busca en una mujer?

— Amarla... simplemente amarla.

— ¿Y si ella quiere más?

— ¡No lo tendrá! O lo toma o lo deja. No me complico.

— Es casi como amor pasajero

— ¡No le llamaría amor! Más bien diría saber aprovechar una oportunidad. Yo soy de los que piensan que la vida te ofrece raramente dos oportunidades, así que cada vez que puedo hacer el amor con alguien lo aprovecho.

— Imagino que así no compromete su corazón

— El corazón siempre se compromete, la diferencia es que el mio lo tengo educado para protegerse.

— ¿Y las mujeres aceptan que las ame de esa manera?

— Ellas desean que sea de ese modo porque igualmente solamente quieren aprovechar el instante, sentirse por un momento amadas, sentirse mujer. Se sorprendera pero la mayoría de mujeres con las que he estado nunca había sentido más de un orgasmo y más de una posición. Las mujeres de hogar como se les llama, están llenas de tabúes y miedos en esa área.

— ¡Lo sé! —Pareció aceptar que también estaba metida en ese grupo.

Magdalena se sintió un poco cohibida por la tangente que había tomado la conversación y aunque miles de preguntas le vinieron a la mente prefirió abstenerse. Un silencio se instaló entre los dos caminantes.

De repente, la mujer pareció que se tropezo y lanzó un insulto de colera al aire.

— ¡Parece que esta noche las estrellas me han dado la espalda! ¡Lo único que me faltaba! —Se quedó saltando con un pie mientras Ramón se apresuraba a sostenerla de un brazo.

— ¿Qué pasó?

— ¡Qué va ser! ¡Se me quebró el tacón de mi zapato! —Enojada lo lanzó al suelo mientras maldecía su suerte.

— ¡Tranquila que no es el fin del mundo!

— ¡Usted porque no es mujer! —Le respondió y con la misma se disculpó. ¡Perdone! Sé que no es suya la culpa. ¡Lo siento!

—Se agachó para recogerlo y tratar de ponérselo para ver si podía caminar. —En ese momento se le cayó un chal negro de seda que le cubría los hombros.

En ese momento, la mujer no aguantó y ahí, acurrucada, se puso a llorar desconsolada. Ramón, al sentir aquella tristeza, simplemente recogió la prenda y tomándola de los hombros la ayudó a enderezarse. Al estar parados, sin pedirle permiso la abrazó suave. Magdalena no puso resistencia y apoyando su rostro contra el hombro de aquel buen samaritano, se dejó consolar. Dejaron pasar unos minutos y, después, tratando de reuperar fuerzas, se separó de él, diciéndole:

— ¡Y yo que le dije que no me confundiera con la llorona y míreme cómo estoy aquí!

Ramón sacó un pañuelo blanco de algodón y se lo ofreció a la dama. La mujer lo tomó, se secó las lágrimas y se lo devolvió diciéndole que se lo devolvía para evitar que quedarse con él. Agregando que no sería muy prudente que su marido se lo encontrara.

El joven se le quedó mirando con una sonrisa de hombre. La mujer lo notó y le preguntó la razón.

— ¿Por qué se rie así? ¿Le da gracia verme llorar?

— ¡No, no, no! ¡Disculpe mi torpeza! Lo que sucede es que sin el chal, las flores que tiene su vestido en el pecho, se iluminan.

— ¡Ah es verdad! ¡Mire pues! ¡Parezco farolito de noche!

— ¡Pero un bello farolito!

— ¡Gracias!

La mujer se sacó de su cartera un elástico y con mucha destreza se hizo un nudo en su cabello. Luego, intentó caminar con un solo zapato y no pudo dar muchos pasos por las pequeñas piedras de la calle que se le incrustaban en la planta del pie.

Ramón le dijo medio serio y medio bromeando.

— ¡Según veo tiene tres opciones! Una, que le rompa el otro tacón a su zapato; dos, que camine descalza y tres, que la cargue entre mis brazos.

— ¡Entonces comencemos con la primera! — Le dijo medio bromeando y quitándose el otro calzado. —Se apoyó del brazo del chico mientras ejecutaba la acción.

El joven tomó la pieza y de un golpe lo arrancó. Luego, se lo dio a la mujer, quien de inmediato se los colocó para ver si podía caminar. Dio varios pasos, mientras se agarraba de la mano de su acompañante. Como los zapatos tenían huecos en la suela, las piedritas se introducían y molestaban al caminar. La dama se paró en secó y quitándoselos dijo lanzándolos a un potrero. « ¡Estos ya no sirven para nada!»

Luego, intentó caminar descalza y fue peor. Parándose dijo enojada: « ¡Definitivamente hoy no es mi día! ». Ramón sin esperar el permiso, la levantó en brazos metiendo las manos bajo las piernas y detrá de la espalda. La mujer se vio sorprendida y se cogió nerviosa de un hombro del joven mientras trataba de alargar la falda de su vestido que se le subía.

— ¿Qué hace?

— ¡Nada! Simplemente que las dos primeras opciones no funcionaron, la tercera es ésta.

— ¡Pero...!

— ¡Pero nada! En lugar de poner trabas, mejor ayúdeme a que la conduzca hasta su casa, mire que faltan varios metros todavía.

— ¿Y qué quiere que haga? —Lo dijo con una sonrisa nerviosa tratando de sostenerse el vestido para que no se le subiera hasta arriba.

— Me ayudaría mucho si se acopla a mi cuerpo para tratar de equilibrar el peso... ¡Con las dos manos!

— ¿Estoy muy pesada, verdad?

— ¡No ponga palabras en mi boca que no he dicho! Digo que si me coge con las dos manos alrededor del cuello me ayuda más. ¡Estara más en equilibrio!

— ¡Entiendo! —Mientras la mujer le rodeaba el cuello con sus manos, el tipo la subía un poco más.

— ¡Se da cuenta! Así va más cómoda y me permite llevarla con más facilidad. Y de paso eleva un poco mi orgullo maculino. ¡Imagínese que se me caiga!

— ¡Ni se lo imagine! ¡Aunque con la suerte que me manejo...!

— La suerte uno la hace. Por el momento agárrese bien y no me suelte.

— ¿Así está bien? —La mujer le rodeaba el cuello con sus manos pegándose fuerte al cuerpo.

— ¡Así está perfecta! — La elevó un poco más hasta ponerla a la altura de su pecho.

Magdalena por primera vez sonreía disimuladamente porque le parecía un poco extraña aquella situación. Ni se quería imaginar la cara de su marido si se llegaba a dar cuenta de aquel momento. Mientras tanto, Ramón caminaba como todo un caballero llevando en sus brazos a aquella dama en problemas. El va y bien del movimiento al caminar provocó que el vestido se deslizara bajo el brazo que sostenía las piernas dejando que ambas pieles tuvieran un contacto directo. Como la situación estaba un poco loca, ninguno de los dos se atrevía a hablar y se dejaban llevar por los segundos que se negaban a detenerse.

De pronto, la mujer rompió el silencio diciéndole:

— ¡Está seguro que no peso mucho! Aunque le diré que estoy sorprendida, no pensé que fuera capaz de cargarme.

— Cuando uno está acostumbrado a trabajar en el campo esto es pan comido. ¡Honestamente su peso no es problema!

— ¡Todavía no se arrepiente de acompañarme! —Lo miró con ojos soñadores.

— ¡Hasta el momento ni un segundo! —le respondió bajando un poco sus párpados.

— ¡Bueno, esperemos que siga así!

— ¡Aunque no me lo crea, es un placer tener en mis brazos a una hermosa mujer como usted!

— ¡Gracias! Aunque se gún vi en la fiesta, ¡había mucha mujer bonita!

— ¡Bonitas… sí, pero hermosas como usted, no! ¡Suerte la de su marido!

— ¡Dígaselo a él porque parece que no se ha dado cuenta aún!

— ¡No! ¡Mejor que se quede en esa ignorancia! Como dicen, «la ignorancia es el pan de los inteligentes».

— ¡Imagino que usted se consideera inteligente!

— ¡Eso se lo dejo a su discreción!

Siguieron caminando a paso lento, pero seguro. Luego, como a cincuenta metros, ella insistió para que se detuviera.

— ¡Yo sé que lo hace con mucho gusto, pero también sé que peso mucho! ¡Porque mejor no paramos un momento y luego seguimos! No vaya a ser que me bote y eso sería peor.

El chico se detuvo y sonriéndole, la bajó despacito. Ella se puso de pie y quedaron frente a frente. Sus ojos parecieron encontrarse y una gota de sudor le bajo al chico en su rostro.

— ¡Está sudando bastante! ¡Lo siento! —Le robó aquella gota de agua con el pecho de sus dedos.

— ¡No se preocupe! Lo hago con mucho placer y lo estoy disfrutando como no se lo imagina.

— ¡No hace falta que lo imagine! Lo sé y creo que también yo. No me lo creara pero es la primera vez que un hombre me levanta en sus brazos. —No le quiso ver a los ojos para evitar ser descubierta en sus sentimientos.

— ¿Y le gusta?

— ¡Honestamente me fascina! Hasta me hace hormiguear la piel.

— ¡Pero no porque le caigo mal!

— ¡No! Al contrario, unted es un hombre muy apuesto y muy varonil. Ahora comprendo porque se ha ganado el cariño de tanta mujer.

— ¿Y ahora el suyo?

— ¡Claro! ¡Todavía lo duda!

En ese momento, la dama se desató el nudo de su cabello y se lo volvió a amarrar. Se quitó de su hombro el chal negro y se lo volvió a poners para terminar estirandose el vestido tratando de alisarlo. A todo esto, el muchacho no le quitaba la mirada de encima y con una sonrisa coqueta la desnudaba delicadamente. La mujer, que no era ignorante a tal situación, le ponía sal y pimienta moviendose de manera sensual.

De repente, la dama se endereza y mirándolo le dice:

— ¡Hombre tiene que ser! —Los ojos del chico estaban clavados en sus senos porque el chal se había abierto.

— ¡Gracias a Dios! Porque solamente así puedo disfrutar de su belleza.

— ¿Le atraen tanto mis senos? —Se lo dijo arreglándose el chal pero sin mirarlo

— ¡Son muy hermosos y parece que nunca se los han mamado!

— ¿Por qué dice eso?

— ¡Porque están paraditos y sus pezones no están abultados!

— ¡Parece que conoce de la materia!

— ¡Esa materia no me la regalaron y la pase con notas casi perfectas!

— ¡Ya veo! —Lo miró con el deseo de morderse los labios. Luego agregó: ¿Seguimos?

— ¡Seguimos! ¡Usted mande que yo obedezco!

Ramón la volvió a cargar en sus brazos y la mujer se apretó fuerte él. Con el bamboleo del vaivén de cada paso, el roce entre los dos cuerpos les iba acelerando el ritmo cardíaco. Magdalena, con sed de ser amada, llegó a sentir que una cierta febrilidad le subía por toda la piel y tratando de no darlo a entender, reposó su cabeza en el pecho del tipo suplicando que aquello no acabara. Sus suspiros se ahogaban y el contacto se hacía más fuerte.

La mano sudosa del joven se fue deslizando por la pierna hasta cubrirle parte de su nalga con su mano. Sus dedos comenzaron a jugar con el borde del calzón mientras que la mujer le seguía los pasos con su pensamiento. Aquellos dedos se fueron introduciendo cada vez más profundo hasta rozar los bordes más íntimos de aquella doncella. Sus ojos llegaron a abrirse grandes y expresivos, su respiración se detuvo queriendo atrapar aquel deseo que subía como la espuma. En un momento dado, la mujer no tuvo otra cosa que apretarse fuerte al hombre y dejó salir aquel suspiro atrapado. Cerró sus ojos y no quiso decir nada, se quedó saboreando aquel sentir en su piel.

De repente, la voz varonil del puto la sacó de su transe. Habían llegado y estaban frente a la talanquera de alambre frente al jardín de la casa.

— ¡Llegamos! —Le dijo bajándola suavemente.

— ¡Llegamos! —Repitió la mujer casi desconsolada.

Abrió la talanquera sin mirarlo y se metió a su solar. Ramón, por su parte, se mantenía al lado de la calle.

— ¡Gracias! —Le dijo mirándolo cómo diciéndole no quiero que se vaya.

— ¡Fue un placer! ¿Puede caminar o la llevo hasta la puerta?

— ¡Creo que no hay necesidad! — Y al escuchar los perros ladrar dentro de su morada, agregó: ¡Parece que nos han detectado los guardianes!

— ¿Pero no son muy bravos?

La mujer le respondió moviendo de arriba hacia abajo su rostro. Luego, pareció parar las orejas y volteó su rostro en dirección del pueblo.

En la distancia un grupo de gente atravezó la luz del último poste. La mujer, con cara de asustada, dijo:

— ¡Ahí vienen unas personas! ¡Miercoles! ¡Es mi suegra y sus hijas! ¿Qué hacemos? —Ellos venía en caballos.

— ¡Tranquila! Me iré caminando y al encontrarlas las saludaré cómo si nada.

— ¡Está loco! ¡Ustedes los hombres no tienen idea de la inteligencia de las mujeres! ¡Si mi suegra lo ve, seguramente pensará que viene de mi casa! ¡Mejor métase y escondámonos!

Casí lo metió a su jardín de un solo jalón. Cerraron la talanquera y se fueron cerca de unos matorrales cerca del alambrado que dividía su terreno con la calle. Para su suerte, el montarral de espinas y campanilla les servía como pared, sin contar que había en el jardín varias plantas florales.

Mientras el grupo llegaba a paso rápido, ellos se quedaron parados observándolos. Ramón se colocó detrás de la dama y le colocó sus manos sobre los hombros. Magdalena al sentirlas, se sintió protegida y se recostó sobre el pecho del tipo. Luego, el chico bajo sus manos y la enrolló por la cintura. En ese momento, la mujer puso sus dos manos sobre las de él, que reposaban en su estómago, y le dijo:

— ¡No se aproveche tanto! — Trató de desamarrar aquellas manos, pero sin despegarse del cuerpo de aquel hombre.

— ¡No me aprovecho! Sólo trato de darle seguridad y sentirme seguro. —Le colocó sus manos en la cadera.

— ¡Cómo lo sospechaba! ¡Es mi suegra y mis queridas cuñaditas! ¡Cómo le dije, este no es mi día!

— ¡Tranquila! No llamemos a la mala suerte y tratemos de pasar este pequeño aguacero. —Se lo dijo cerca de su oído provocando que la mujer sintiera que su piel burbujeara.

— ¡Al menos no me encuentro sola! ¡Su compañía me tranquiliza! Aunque no déjà de ruborizarme. ¡Se está acercando!

— ¡Entonces! Creo que es mejor que nos escondamos debajo de esos claveles. Desde ahí los tendremos muy bien vigilados.

— ¿Usted cree?

— ¡Claro! ¡Venga! —Le tomó de una mano y se fue haciendo camino agachándose. La mujer lo seguía y mientras se agachaba se subía su vestido porque le impedía moverse correctamente al estar ceñido al cuerpo. En el esfuerzo por agacharse, el vestido cedió en sus piernas y se le abrió por un costado hasta la cintura. Eso provocó que soltara un quejido de disgusto.

— ¿Qué pasó? —Le preguntó bajito.

— ¡Nada! Sólo que la mala suerte no me quiere dejar... se me rompió el vestido. —Le mostró la pierna al descubierto.

— ¡Esa no es mala suerte! Es el baño de ruda que me pegue esta mañana. —Le acarició el muslo.

— ¡Estese quieto! ¡Qué no ve que estamos en problemas! —Le quitó la mano de su pierna pero en el movimiento casi se cae de nalgas y se agarra fuerte del brazo del joven que está solidamente acurrucado.

Ramón la detiene y le ayuda a colocarse a su costado. Ambos están a cuclillas y tratando de ver la calle entre los pequeños espacios que dejan las plantas. Están muy pegaditos y sus piernas se tocan. Magdalena, más nerviosa, trata de aventurarse tratando de abrir más espacio por entre las hojas. Eso hace que se arrodille para lograrlo.

Ramón, por su parte, se pone a ver las posibles soluciones y se aleja unos cuantos metros a su izquierda para tratar de ver con mejor claridad el panorama.

Cómo el grupo se acerca cada vez más, el chico regresa a su posición y encuentra a su pareja de rodillas como si estuviera rezando. Se le coloca por detrás y abriendo sus rodillas la abraza diciéndole al oído.

— ¡Tranquila! ¡No está sola!

La mujer al oír la voz, se deja abrazar y consolar. Los pasos de los caballos se escuchan cada vez más cercanos. Las voces de las personas son cada vez más claras y fuertes.

Mientras esperaban, en un momento dado, Ramón le dice suave al oído, casi como un susurro:

— ¡He pasado por muchas, pero ésta es la mejor!
— ¡No hablé por favor! —Le puso su dedo en la boca para callarlo.

Ramón aprovechó aquel gesto para chupárselo. La mujer, solamente se le quedó mirando, un poco nerviosa y con una sonrisa coqueta de agrado lo dejó actuar por unos segundos. Luego, lo retiró y poniéndose el dedo en sus labios le hizo la señal para que no hablara. En ese punto, el joven se percató que las rosas en el pecho de la mujer se iluminaban muy fuertes y sin pensarlo dos veces, le puso su mano sobre los senos.

Magdalena se vio sorprendida y mirándole con sus grandes ojos verdes, le quiso preguntar por qué lo hacía. Ramón comprendió su reacción y suave le dijo el motivo. La dama comprendió y bajando la mirada comprobó aquel hecho. Después, colocó su mano sobre la del chico y la agarró suave para retirarla. La mujer cogió su su chal para cubrírselos. La sonrisa de pícaro le quedó congelada al puto.

Mientras tanto, el grupo de gente llegaba hasta la casa y se detenía frente a ellos. Unos cuantos metros los separaban. La voz de la suegra resonaba en el silencio preguntándose si la puta de su nuera estaba en casa. Las tres mujeres se pusieron a conjeturar mientras los trabajadores, que las acompañaban, se quedaban a la espera de una orden.

Magdalena sintió mucha rabia y apretando la pierna de su acompañante dejó escapar su cólera. Ramón, al sentir el apretón, se le acercó al oído y le dijo:

— ¡Tranquila! ¡Ya se van a ir!

— ¡Es una bruja de mierda! —Dijo la dama sacando su caja de lustre.

— ¡Me pregunto si intentarán entrar! —Murmuró el puto.

— ¡Ni lo mencione porque eso sería el colmo!

Uno de los trabajadores le preguntó a la patrona si hacía algo. Magdalena, en ese momento, se asustó y agarrándole el brazo, le dijo suavecito:

— ¡Oh no! ¡Quieren entrar! ¿Qué hacemos? —Se puso un poco nerviosa.

Ramón se le quedó mirando y no tuvo otra opción que estamparle un beso en plena boca. La besó hasta que se calmó. Magdalena mirándolo seriamente le dijo:

— ¿Qué hace? ¡Estese quieto por favor!

— ¡Era para calmarla!

— ¿Calmarme? —Le respondió como indicándole que había provocado el efecto contrario.

Como el grupo no se movía del lugar, la mujer volvió la mirada al hombre y comprendió que también él estaba un poco nervioso. Que el beso también era para controlarse. Le agarró una mano y cogiéndola con sus dos manos, se puso a besarlas. Mientras lo hacía cerraba sus ojos e intentaba alejarse de aquella situación. Ella quería decirle con gesto que lo necesitaba calmado.

Ramón se acomodó a su lado y la abrazó fuerte. Magda simplemente se dejó querer mientras seguía vigilando al grupo de la calle. Como ya estaba subido en el macho, el puto comenzó a acariciar a aquella mujer con sus manos y su boca. Al principio, la chica quiso poner un poco de resistencia pero luego comprendió que era imposible. Sin quitar la mirada de la calle, se puso en sintonía y hasta dirigió los movimientos del músico. El elástico de un costado de su sostén se fue deslizando por el antebrazo y mientras los labios besaban suave el hombro, una mano se introducía suave para meterse bajo el brasier. Sin andar con tantos cuentos, aquel hermoso seno se libeeraba de la presión de aquella prenda íntima aunque seguía escondía bajo el chal negro. Magdalena, en ese momento, solamente clavaba su mirada en la calle sin ver verdaderamente. Las sensaciones que provocaban aquellas caricias la hacían revivir antiguos deseos.

Ramón tomó la inciciativa de beber agua de aquel volcán y metió el pezón excitado en su boca. Su lengua comenzó a realizar pequeños círculos y, de vez en cuando, apretaba suavemente aquel botoncito succionándolo a placer. Magda, en ese instante, simplemente acariciaba la cabeza de aquel amante y pronunciaba suave su nombre. Una mano travieza comenzó a subir por una de las piernas de aquella mujer que se estaba encendiendo por dentro. El fuego de aquel cuerpo fue subiendo con muchas ínfulas hasta llegar a provocar una explosión interior. El cuerpo de aquella dama se desgranó en mil pedazos de vidrio húmedo. Luego, después de llevar a la cima del placer, aquel cuerpo quedó flotando en nubes de ternura y cariño hasta reposar en un remanso enloquecedor. La joven se amarró a su amante con tanto sentimiento que parecía un manojo de sentimientos bordando un deseo.

En un momento preciso, la suegra, con su voz mandona, le cio una orden firme a un trabajador para que fuera a tocar la puerta. Las hijas saltaron al ruedo tratando de detener la orden porque consideraban que no era prudente. El trabajor se quedó esperando la confirmación de aquel mandato.

Al escuchar aquel grito, Magda se puso en modo «esposa en peligro» y detuvo todas las acciones de aquel seductor. Levantandole el mentó le preguntó suave y un poco miedosa:

— ¡Quieren tocar la puerta! ¿Qué hacemos? ¡Nos van a descubrir!

Ramón se quedó viendo para todos lados y luego le dijo:
— ¡Tengo una idea! ¡Quítese el elástico de su cabello!
— ¿Qué?
— ¡Deme el hule con que tiene amarrado su cabello!

Magdalena no comprendió en seguida pero ejecutó la orden. Cuando ya lo tenía en sus manos, el puto dijo buscando por todos lados que necesitaba algo sólido pero maniable. Cortó un pedazo de bejuco y armó una especie de hondilla de mano. Mirándola con dulzura le dijo:

— ¡Voy a intentar algo! ¡Sosténgame las piernas para darme seguridad!

La dama se puso de rodillas y abrazó los dos miembros de aquel imitador de arquero. El tipo se hizo un camino por las ramas del clavel y sacando su cabeza afuera del cerco, analizó la situación. De inmediato tomó la decisión de disparar su primer cartucho sobre las nalgas de un caballo. Apuntó, estiró y lanzó. El golpe fue certero pero no fuerte; la bestia apenas se inquieto al sentir la picada del lanzamiento. Ramón se agachó y le dijo a la mujer que al verlo bajar se apartó para darle espacio.

— ¡Necesito algo más sólido pero felxible... cómo un elástico!

La última palabra pareció dar en el blanco en el pensamiento de la mujer y agarrando el tirante de su sostén, le preguntó:
— ¿Esto le puede servir?

— ¡Eso es lo que necesito!

Al confirmarle el hecho, la muchacha, con sus dientes, cortó aquella prenda en dos pedazos y se las dio con una sonrisa de satisfacción. Ramón agarró la ofrenda y se colocó de nuevo en posición de tiro. En esta ocasión buscó el animal que cargaba a la madre del zorro.

Justo cuando la señora ordenaba a su trabajador de entrar en el solar, el tipo apuntó, estiró y lanzó. En esta ocasión, la yegua no soportó el dolor y se puso a relinchar muy feo provocando que los otros animales se pusieran inquietos.

El puto aprovechó la ocasión y remató la faena. Le acertó a otro animal que se puso a correr como loco. Las otras tres bestias le siguieron dejando al trabajador a medio camino entre la calle y la talanquera sin saber que hacer.

En ese momento, los perros de la casa se pusieron aladrar como locos. Ramón, por su parte, bajó suave con una sonrisa de satisfacción que no le cabía en la cara. Magdalena, que solamente había escuchado el relajo, se preguntaba cuál había sido la conclusión de aquella aventura.

El chico le indicó que se quedara callada porque aún estaba el trabajador de su suegra en la calle. Se hincó frente a la dama y metiendo sus manos detrás de sus nalgas la atrajo hacia él. Al levantarla, la mujer cayó casi sentada sobre las piernas. Un poco sorprendida y con una sonrisa de placer le preguntó poniéndole sus manos sobre el pecho:

— ¿Qué hace?

— ¡Aún hay alguien por ahí! ¡Tenemos que esperar!

— ¿Qué hacemos?

— ¡Tengo una idea para calmarnos! — Le dijo al oído mientras la besaba suave.

— ¡Sí! —Le susurró apenas aquella dama mientras le respondía las caricias besándolo suave.

Mientras el trabajador caminaba a paso lento por la calle a la espera de un posible retorno de su patrona, los dos amantes se daban por completo al placer de la seducción. Aquel cantacto directo llevó a casi desnudar por completo a la mujer y a subirla de nuevo a lo más alto. Cuando se disponía a rematar aquel acto, los fuegos artificales y los disparos que salieron de la fiesta, hicieron que la mujer volviera a tierra poniendo un alto a todas las hostilidades carnales.

— ¿Qué es eso? —Preguntó un poco asustada y arreglandose el vestido y sus prendas íntimas casi como diciendo «me salvó la campana».

— ¡Son los fuegos de la fiesta indicando que una candata ha ganado! ¡No se preocupe que la fiesta todavía le faltan unas dos horas más!

— ¿Ya se habrá ido el trabajador? —Preguntó bajito sacando la cabesa por sobre el matorral.

— ¡Posible!

— ¡No veo a nadie! —La mujer fue saliendo poco a poco del lugar hasta llegar a la talanquera.

Mientras tanto, Ramón la seguía de cerca echando ojo por todos lados. Los perros de la casa seguían ladrando como locos.

La mujer, le dijo:

— ¡Ya pasó todo!

— ¡Creo que sí! ¿Pero no nos apresuremos, todavía puede haber alguien cerca?

— ¡Cree que es prudente que esperemos un ratito!

— ¡Creo que sí!

— ¡Esperemos! —La mujer se le quedó mirando con ternura.

Ramón se le acercó y quiso abrazarla, pero ella lo detuvo un poco. El chico comprendió el mensaje y no avanzó.

— ¿Está bien?

— ¡No lo sé pero no quiero pensar! —Se colocó sus manos cruzanolas en su frente.

— ¡Creo que todo el mundo ya se fue! ¡Ya pasó el peligro!

— ¡Creo que sí! ¡Gracias!

— No hay nada que agradecer. ¡Ha sido algo interesante! —Sonrió pícaramente.

— ¡Si... muy interesante! —Le sonrió.

— ¿Quiere que me vaya? —Le preguntó acercandose a la dama y tomándola por la cintura.

— ¡Sé que debe de marcharse! ¡Gracias infinitramente por todo!

— ¿Está segura que quiere que me marche?

— ¡No lo estoy pero creo que es lo correcto! Antes de que pase algo de lo que me arrepienta para toda la vida.

— ¡Si es algo de lo que se va a arrepentir creo que es mejor que me vaya!

Ramón caminó en dirección de la talanquera. La mujer, siempre más perspicaz, lo detuvo y le dijo:

— ¡Creo que no es prudente que se vaya por la calle! ¡Lo pueden ver!

— ¿Usted cree?

— Después de lo que pasó... aunque no ha pasado nada... digo... ¡Usted sabe!

— ¡Lo sé y comprendo! Me iré por la parte de atrás de la casa.

— ¡Creo que es mejor! —Se le quedó mirando mientras el tipo caminaba en dirección opuesta.

Al pasar a su lado, la mujer lo detuvo y le dijo:

— ¡Discúlpeme!

— ¡No tengo nada que disculparle! Al contrario, le agradezco cada segundo que me ofreció.

— ¡Créame que yo también lo deseo, pero sé que no debo!

— ¿Al menos mis caricias le agradaron?

— ¿Cómo me pregunta eso? ¡Sabe muy bien que me sentí en el paraiso entre sus brazos... además, cada caricia suya obtenía una respuesta favorable de mi parte!

— ¡Me regala un beso! ¡El último! —Se le acercó tomándola por la cintura y pegándola a la pared de su casa.

— ¡Pero sólo uno y se va! —Le puso las manos sobre sus hombros.

En ese momento, los perros se pusieron a ladrar muy fuerte casi como anunciando un desastre. Magda, al escucharlos, reaccionó apartándose de su amante y le dijo:

— ¡Tengo que entrar porque si no... no se callarán y pueden llamar la atención de la gente!

— ¡Uno más! —Le dijo el tipo buscándole la boca.

La mujer volvió a caer en la provocación y se entregó de nuevo. Unos minutos más tarde volvió a retomar el control y sonriéndole lo apartó con dificultad. Luego, sonriéndole le dijo que tenían que cortrla por lo sano y que se tenía que marchar. Dejó escapar un por favor y el chico dimitió en su insistencia. La mujer al escuchar sus animales, cerró los ojos dijo: « ¡Esos perros!». Luego, se dio media vuelta para darle la espalda y buscando sus llaves trató de retomar el control.

Ramón no le dijo nada y dio unos pasos en dirección de la parte trasera de la casa. Luego, se detuvo y le dijo sin voltearla a ver:

— ¡A veces en la vida, los momentos sólo llegan una sola vez! ¡Y me temo que éste es uno de esos! ¡Creo que me voy a arrepentir siempre!

— ¡Yo también lo creo! —Le respondió la mujer sosteniendo la llave en la puerta.

El chico se dio media vuelta y se regresó para tomarla por la espalda para abrazarla muy cariñosamente.

— ¡Entonces por qué tenemos que terminar así cuando ya hemos hecho casi todo! ¿Cuál sería la diferencia entre hacerlo y no hacerlo?... ¡El sentimiento de que se pudo y no se hizo!

Luego de un breve silencio, la mujer le dijo:

— ¡Es verdad! ¡Entonces hagámoslo! Deme unos minutos para ver que hago con estos animales. ¡Espéreme en la parte trasera de la casa!

— Pero... ¿Qué me garantiza que va a volver a salir? ¡Tiene que dejarme una prenda en garantía! —Le sonrió pícaramente.

— ¿Qué quiere que le deje? —Le dijo sonriéndole dándose vuelta y besándolo dulcemente en los labios. ¡Si sabe que me tiene babiando!

— ¡Bueno! La última prenda bajo su vestido.

— Es toda suya, solamente que me la tiene que quitar usted mismo.

— ¡Con mucho gusto!

Ramón se agachó y comenzó a besarle las piernas hasta llegar a la cintura, le quitó la prenda y la dejó lista para amarrar el mandado.

Mientras la mujer se metía a su casa y escondía los perros, el muchacho se iba para la parte trasera de la casa. Era una especie de terrasa techada bordeada por un pequeño muro de cemento de más o menos un metro de alto.

De repente, los animales dejaron de hacer ruido y, al poco tiempo, la dama salía con una sonrisa de mujer enamorada sosteniendo unas sábanas en sus manos.

Abrió la puerta y la cerró de inmediato detrás de ella. Lo vio sentado sobre el pequeño muro y se le quedó mirando con ojos de «papsito aquí estoy»y le dijo:

— ¡Cómo ve! ¡Aquí estoy cumpliendo mi palabra!

— ¡No tenía dudas de ellos! —Se le acercó y la agarró de la cintura para luego besarla en plena boca. ¡Además tengo algo que le pertenece! —Siguió besándola con mucha delicadeza y pasión.

— ¡Entonces hagamos que esto nos quede grabado para toda la vida! —Tiró la cobija sobre el piso de cemento y se dejó querer.

Los dos cuerpos terminaron haciendo el amor como recién casados. La mujer sintiéndose libre, dejó escapar todo su carácter revulsivo y dio rienda suelta a sus deseos sexuales. Tanto así que el chico tuvo que recurrir a su pomada mágica para poderle dar el ancho.

Como a las dos de la mañana, la música del baile se detuvo dando la señal que todo estaba llegando a su fin. La mujer con mucha tristeza le dijo que el fin estaba llegando, que posiblemente su marido estaría en camino.

— ¡Créame que me gustaría amanecer a su lado!

— ¡Yo también lo deseo! Pero los dos sabemos que esto tiene que terminar. ¡No abusemos de la suerte!

— ¡Mi suerte ya está echada! —Lo dijo con cierta resignación.

— ¡Sólo espero haberle cambiado un poquito eso!

— ¡Claro que sí! ¡Al menos me pinto las estrellas de otro color!... ¡Sólo espero que duré un poco más!

El amante nocturno se levantó y se marchó del lugar, mientras la dama se metía a su casa con la piel aún recordando cada caricia recibida. Era la primera vez que gozaba verdaderamente una relación sexual.

Ramón se marchó del lugar y ambos se quedaron tranquilos sin saber si habría un mañana para aquella fugaz relación. El tipo recorrió varias cuadras antes de volver a la calle comunal que lo llevaría de nuevo al baile.

Mientras se lamía las mieles de su última relación sexual, el chico pensaba que la vida era un poco extraña con él porque en ocasiones le daba de sobra y en otras lo ponía a dieta. Lo cierto era que ese fin de semana estaba convirtiéndose en una de las mejores épocas de su vida como mujeriego, mejor dicho como puto.

De repente, vio que un vehículo se aproximaba a toda prisa. Se hizo a un lado para dejarlo pasar. El chico pensó « de seguro viene de la fiesta y con tragos encima ». Las luces altas de aquel cuatro ruedas lo iluminaron desde la distancia.

Para su sorpresa, antes que el vehículo llegara hasta donde él, se escuchó que alguien golpeaba la capota para que se detuviera. La nave se detuvo a unos metros de Ramón. Una voz conocida lo llamó por el apodo.

— ¡Hey Puto! ¿Qué mierdas andas haciendo por estos lados? —Era su amigo el zorro quien lo llamaba.

Al reconocerlo, se acercó al «pick-up» que iba repleto de gente.

— ¿Qué pasó zorrillo? Por lo que veo andas bien pedo. ¿Para dónde vas, vos?

— ¡Nos vamos para mi rancho en la playa! ¡Súbete cabrón que llevamos muchas viejas y licor! ¡Anda no te hagas de rogar!

Ramón, para evitar darse color y de paso agarrar una buena excusa, se subió haciéndose un hueco entre los pasajeros que lo recibieron con mucha alegría. Entre los pasajeros iban cinco mujeres de la vida alegre y el resto eran otros amigos, los guardaespaldas de los narcos y los narcos.

Como el zorro había acaparado a tres mujeres, el puto le pidió que compartiera una. De ese modo se unió al grupo y siguió con la parranda hasta que el sol lo despertó a eso de las cinco de la mañana, con una chera y en una hamaca bajo unas palmeras.

Como a las ocho, el grupo se puso de pie y buscó un lugar para desayunar. Volvieron al pueblo a eso de las diez de la mañana. Cada quien jaló para su rancho y quedaron de verse las caras en la carrera de caballos.

A eso de las cuatro de la tarde, cuando el sol estaba bajando, daba inicio la mencionada carrera de caballos. Para variar, el puto llegó cuando todos los jinetes estaban colocando sus caballos en la zona de salida.

El público estaba abarrotado en los costados de la pista de carrera en el patio de la escuela. Las princesas que ofrecían sus premios a los ganadores, se encontraban sentadas sobre una tarima de madera puesta en medio de uno de los lados. Cada una de ellas tenía con una banda con su nombre escrito que le atravezaba el pecho.

Cada una vestida con ropa de domingo y pintada a quién mejor. Casi se podría decir que, igualmente, era una competición de belleza. En su mayoría eran jovencitas entre quince y veinte años, lo bueno que en esa ocasión no había distinción de nivel social ni económico.

Cada mujer tenía un número y éste estaba escrito en una cinta que colgaba de un lazo a los extremos de unos postes. Los jinetes corrían con sus caballos pasando por debajo de dicho lazo y en su pasar trataban de meter la punta de un lápiz en una argolla. Cada argolla tenía un número, por eso el ganador se iba de inmediato por su premio. La señorita lo recibía con un beso en el cachete y su respectivo regalo.

Como la marufiada estaba a la orden del día, tanto jinete como señorita se las ingeniaba para tratar de adivinar o mostrar el número. Las mujeres se las arreglaban para que el caballero que ellas deseaban besar supiera su número y éste cada vez que trataban de desenrollar las argollas, buscaban dicho número.

El zorro y el puto se disputaban los mejores prospectos. A veces ganaba uno y a veces el otro. En esa ocasión, una jovencita llamó la atención del puto por su timidez y su hermosura. Desde lejos se veía que no le era indiferente. El único problema era que la joven escondía su número y no daba modo a descubrirlo.

Después de tanto insistir, la suerte cayó sobre Ramón y al llegar a recibir el premio la chica se acercó para felicitarlo, le dio el beso un poco temblorsa. El puto, más recorrido, le acercó la cara y con la misma medio se volteó. Ese pequeño gesto provocó que el beso cayera cerca de la boca provocando que la mujer se sonrojara.

Después, el tipo averiguó que la muchacha era la hija de don Gregorio un ganadero de la región. Él se acordó que dicha jovencita la había conocido muy pequeña, pero según había comprobado parecía que había crecido rápidamente convirtiéndose en una hermosa mujer. En ese momento, solamente se quedó con el sonrojar de la joven al besarlo.

Al terminar la carrera de caballos, el puto se encontró con un montón de pañuelos, calcetines y algunos desodorantes. Eso era lo típico que ofrecían. Igualmente algunas cartas de admiradoras que deseaban tener un rato de fama con él.

La pelea de gallos

Por la noche, a eso de las siete, Ramón se fue para a ver la pelea de gallos en la casa de un amigo. Él le había prometido a un hijo de un trabajador que sería el padrino de su gallo porque sería quien lo echaría al ruedo.

Ramón no era novato en el juego de los gallos de pelea porque había recorrido algunos palenques, perdido muchas peleas y ganado otras. Eso sí, había obtenido algunas mañas y pequeñas astucias para darle la vuelta a cualquier resultado. Una de esas era la de ponerle chile picante en el pico al gallo.

El tipo se presentó al lugar y el interesado, el hijo de Juan, le presentó a su gallo, le dio algunos detalles y le aseguró que era muy bueno. A ojo de buen cubero y escuchando su aura, siento el viento favorable de su buena suerte. Le indicó al jovencito, que quería ganar billete para comprarse un caballo, que se mantuviera alejado del redondel y mantuviera caliente a su animal, que en su momento dado lo buscaría. Eso sí, que estuviera vivo y se pusiera las pilas para saltar a la pista.

La idea de apadrinar no era simplemente por caridad, significaba que el padrino soltaría buen tajo de billete y que las ganancias se repartirían entre los dos. Como aquello era una especie de obra de la caridad, el puto se dispuso a sacar el mejor provecho del asunto y para ello desde que llegó se hizo notar apostando siempre, pequeñas cantidades, por el gallo perdedor. Su buena puntería no falló y luego de tres combates perdidos, los participantes comenzaron a burlarse diciéndole que no era su día. Claro que él le hechaba mñs leña al asunto para ponerlo interesante.

Como su contrincante favorito estaba entre los presentes, el zorro, quiso picarlo con un buen cebo. Le apostó al gallo contrario un buen billete y, como el tipo nunca desperdiciaba una oportunidad para querer ganarle, calló redondito.

Él sabía que perdería, pero su idea era darle masita a su contrincante para prepararlo y metérselo al bolsillo. Dicho y hecho, a las primeras de cambio mandaron al azador al gallo por el cual había apostado. El ganador se jactó de su triunfo y el puto lo aceptó diciéndole que así era la suerte, pero que tenía la esperanza que su situación cambiaría más adelante.

Las peleas siguieron y en un momento dado, Don Gregorio se hizo de la partida y quiso echar al ruedo a su gallo, que según decía lo había traido de no se dónde. En ese punto, las apuestas comenzabar a ponerse interesantes. El zorro se puso al brinco y ofreció a su gallo ganador para que se la jugara contra el animal de don Gregorio.

Los ojos del puto brillaron al detectar la ocasión. Le apostó en contra del zorro y esta vez lo desplumó. Ramiro quedó ardido porque había apostado mucho. Don Goyo no cabía de contento y lanzó de nuevo el desafío a otro gallo poniendo sobre la mesa todo lo que había ganado. La intención del señor era recuperarse y ganar algo.

Al ver que el gallo era bueno, nadie le aceptó la apuesta. El puto supo entonces que había llegado el momento de desplumar a medio mundo. Les dijo:
        — ¡Yo me la jugaría pero no tengo gallo para jugármela! ¡Pero creo que es mejor así! ¡Con mi mala suerte que me traigo ni la ciguanaba me sale al camino!

Los presentes tomaron a bien aquel chascarrillo y se pusieron a vacilarlo. Le hizo señas al cipote y este compendió rápido.

— ¡Ramón, yo le presto mi gallo! —Dijo el cipote haciéndose paso entre los presentes.

— ¡Estás seguro! ¡Mira que te lo pueden matar, el otro ya demostró que es buen peleador! Dime ¿tu gallo ha peleado alguna vez?

— ¡No! ¡Pero es hijo de buen gallo!

— ¡Ser hijo de papi o... de mami no significa nada, pequeño! —Le lanzó la indirecta al zorro y todos comprendieron poniéndose a reír.

— ¡Este perro sólo ladra! —Saltó el zorro muy picado y dolido.

— Si tu gallo es tan bueno, ¿Cuánto le apuesta?

— ¡Toda mi fortuna! —Le dijo mostrándole unos cuantos billetes.

Los presentes al ver la cantidad de dinero se pusieron a burlarse diciéndole que mejor se fuera a comer una minuta a la calle para aprovechar en algo su dinero. El puto le preguntó la razón de querer jugarse su pequeña fortuna y éste le dijo que era para comprarse su primer caballo.

Entonces, en ese momento, el puto le dijo que siendo así el le tomaba el gallo y apostaba toda su fortuna. Sacó la plata y la juntó con la del chico subiendo la apusta a más de mil pesos. Mucha lana para los ojos de la mayoría. Hasta don Gregorio se quedó pachito en el asunto.

Viendo que no había contrincante por falta de dinero, el puto picó al zorro y lo tocó en su orgullo. Éste apostó otro billete y, otros más se unieron al paquete hasta juntar la apuesta. Inclusive don Goyo tuvo que meter una de sus novillas para completar el mandado, él estaba súper seguro de que ganaría.

El apadrinado caso todas las apuestas y arreglaron la pelea. Mientras tanto, Ramón se puso a lanzar chascarrillos para animar la velada y relajar el ánimo de sus adversarios.

Luego, con las apuestas casadas, el puto se puso a piropear a su gallo para ponerle picante a la situación. Cuando todo estaba listo, en un descuido, Ramón se metió un pedazo de chile en la boca.

Entonces, antes de comenzar la pelea, el puto dijo que como era su gallo estaba en su derecho de echarlo a pelear. Le amarró las navajas, lo masajeó y, antes de echarlo al ruedo, les dijo que le haría el ritual del último adios a su gallo. Los asistentes se burlaron pero aceptaron. En son de broma, el tipo se puso a bromear con el animal haciéndole algunos gestos. Los presentes gozaban con las tonterías de aquel tipo.

La idea era de distraerlos y en un momento dado, éste le dio un beso en el pico para ponerle el chile en la boca. El gallo se puso de los mil demonios y para terminar, lo bendijo.

Pusieron los gallos uno frente al otro y se pusieron a enfrentarlos sin soltarlos. Al contar tres, lo dejaron irse de frente. La pelea comenzó como nadie se lo esperaba. El gallo del cipote se lanzó como alma que se llevaba el diablo queriendo desquitarse aquel ardor con el que se le pusiera en frente.

La historia no fue larga porque el gallo de don Gregorio apenas aguantó las primeras de cambio y, como dicen los jugadores, el gallo puso pico en el suelo cayendo muerto al segundo episodio.

Los perdedores no daban crédito a aquel suceso. Muy orgulloso el cipote buscó a su gallo y el puto se apresuró a recoger el billete ganado. Le dio dio casi todas las ganancias al apadrinado y se quedó con su parte y la novilla de don Gregorio que se quedó muy «aguevado». El señor había perdido hasta lo que no tenía.

El señor muy decente le dijo que honraría aquella apuesta y lo invitó a su casa para comerse el gallo perdedor. Muchos de los presentes le fueron a saludar para darle su apoyo moral.

Ramón le dijo que no era necesario que le hiciera efectivo su premio de inmediato, que el vacuno podía esperar unos días.

En ese momento, el señor le confesó que era una manera de sosegar las aguas en su casa porque su mujer e hija lo esperaban temprano para cenar, su hija estaba de aniversario y había invitado a algunas amigas.

Fue entonces que se le iluminó la «chontoca» a nuestro héroe y queriendo suavizar el golpe, le propuso que le llevaran serenata a la cumpleañera. Don Goyo recibió aquel ofrecimiento con agrado porque su única hija estaba cumpliendo dieciocho. Aunque le recordó que se había quedado en las lonas, sin plata.

Ramón, como tipo buena honda, le dijo que no se preocupara que él se las arreglaría. Invitó al zorro y a otros galleros para que le hicieran la cabuda en el asunto. Sin andar con tantos cuentos reunieron plata para los mariachis y el trago, luego se marcharon a caballo hacia el rancho del señor que estaba como a una hora de camino.

Ramón se recordaba de la hija de don Gregorio pero no de su nombre y menos el de la mujer. Eso sí, como fue una de las favorecidas para darle un premio en las carreras de caballo, se recordaba de su belleza. La joven estaba a la par de su madre que, por cierto, no se veía tan mayor; si se comparaba con el esposo que, a vuelo de pájaro, se podría decir que le doblaba la edad.

En el camino, las botellas de licor se fueron vaciando y los mariachos, a paso de caballo, acompañaban con sus rancheras. Eran como unos diez individuos los que cabalgaban en dirección de la casa de doña Isabel, la esposa del dueño de la hacienda.

El grupo llegó alegre con bombos y platillos al lugar, hasta las gallinas despertaron. La festejada no cabía en su vestido al recibir ta sorpresa, se volvió un mar de lágrimas. La mujer, por su parte, conociendo a su pareja se limitó a sonreír y saludar a los visitantes.

Eran cómo las nueve de la noche, a todo eso. El grupo se ubicó bajo unos grandes amates y se pusieron a disfrutar de aquella ocasión frente a la gran casa. Eso sí, la hija y sus invitadas se mantenían en la casa y los hombres en el patio. Las botellas y las boquitas desfilaron dulcemente entre las bocas de aquellos hambrientos sementales.

La encarga de atenderlos era la dueña, doña Isabel y dos sirivientas más. Como a la hora, las invitadas se fueron marchando una a una Luego, a eso de las diez de la noche, un trabajador del zorro llegó buscándolo porque le tenía una razón.

El tipo decidió dejar la fiesta y con él se regresaron los músicos. El puto no lo quiso acompañar porque sabía que la única razón para que se marchara de ahí era por los narcos. El chico no le apetecía, por alguna razón, ese tipo de negocio por muy jugozo que pareciera. Aún así, se quedaron de ver cuando regresara del viaje que tenía planeado realizar esa semana.

Luego, tranquilamente se fueron marchando los otros borrachos quedando solamente el señor y él, que le rogó que se aguantara un poco para no quedarse bebiendo solo. Ramón, como de costumbre, siempre se las ingeniaba para tomar menos que los demás por esa razón estaba todavía de pie.

En un momento dado, la patrona, que ya había mandado a dormir a las sirvientas, se presentó con la intención de recoger los platos, vasos y botellas. Historia de hacer limpieza y verificar el estado de su marido. Al ratito, la hija se presentó para ayudar a su progenitora.

El chico se levantó al verlas y se puso, a su vez, a recoger algunas cosas. La jovencita, que no se había cambiado su lindo vestido, realizaba su trabajo pero con aquella cosquillita de echarle un ojito al joven apuesto. La madre, por su parte, se hacía la que no veía nada. Ella también había sido joven y había pasado por aquellos alborotos juveniles.

Se llevaron las cosas para la cocina y luego regresó solamente la madre. Llevaba en sus manos un plato con pedazos de carne azada, arroz y alguna ensalada. Lo puso en medio de los tres y les dijo que era lo último que quedaba.

Ramón creyó que lo estaban echando y se apresuró a levantarse para indicar que se marchaba. Don Gregorio, bastante borracho, se quiso levantar para detenerlo pero solamente se quedó en el intento.

— ¡Por favor! ¡Aguántese un poquito hasta que le demos fin a la última botella! —Le dijo en tono bastante aguado.

El chico se le quedó mirando a la dama y esta al verlo le dijo:

— ¡Quédese un rato más como dice mi marido! ¡Todavía no he puesto la escoba detrás de la puerta!

— ¡La verdad me tengo que ir porque tengo que madrugar para el otro lado, necesito realizar unos negocios en chapinlandia!

— ¡Eso significa que se tiene que volver al pueblo y luego regresar! ¿Por qué no se queda aquí y por la mañana toma camino? Se ahorrará cómo mínimo, una hora de marcha. ¿Verdad cariño que no hay problema? —Le preguntó al esposo.

— ¡Por mí no hay problema! ¡Ahí hay varias hamacas para que duerma!

— ¡Si no es molestia, por mi encantado! —Se volvió a sentar.

La mujer se acomodó en una silla de cuero de vaca y dijo estirando sus piernas hacia adelante.

— ¡Por fin voy a poner a descansar mis pies! Este día ha sido bien pesado. Ni siquiera he tenido tiempo de comer.

— ¡Bueno! — ¡Entonces es hora de que coma algo! —Ramón agarró el plato de carne y se lo ofreció.

El marido en cambio solamente sonreía mientras seguía tomando, ni siquiera intervenía en la conversación.

— ¡Creo que me voy a tomar un tragito! —Dijo la señora mordiendo un pedazo de carne.

— ¡Perdone por ser mal educado! —Dijo el puto agarrando la botella y sirviéndole el licor. ¡Para que no caiga en seco, coma algo primero! —Le aconsejó.

— ¡Gracias! —Le dijo agarrando el vaso. ¡No me diga que ese es su truco para no emborracharse porque lo veo bien entero todavía!

— ¡Ese y que soy un ladrillo seco! Además, me gusta estar en mis cinco cuando hago las cosas, los borrachos a veces hacen estupideces y después andan llorando arrepentidos.

— ¡Es verdad! Si se van a hacer las cosas, hay que hacerlas con conocimiento de causa. Aunque a veces, en ciertas ocasiones, uno prefiere estar bajo los efectos del alcohol para realizar ciertas cosas. Cosas que en sano juicio no se harían. ¡Lo digo por los borrachos! No vaya a pensar otra cosa. Se le quedó viendo a su querido.

Luego brindaron y ambos comieron algo para luego meterse el trago. Don Gregorio que peleaba contra el sueño y las ganas de seguir tomando, le pidió que también le sirviera el del estribo, el último. El chico obedeció y se lo sirvió, el señor se puso a hablar tontería y media. La esposa se le quedó viendo y dijo:

— ¡Siempre se pone así! Al final termina hablando él solo.

— ¡Por eso es que no me gusta tomar demasiado!

— ¡No lo haga! ¡Se ven horribles!

— ¿Le puedo hacer una pregunta?

— ¡Claro! ¡Qué se la responda es otro cuento! —Le sonrió, parecía que también le estaba afectando el guaro.

— ¡Espero no ser indiscreto, pero me parece que don Goyo le lleva muchos años! ¿A los cuantos años se casó con él?

— ¡Muy joven! —Sonrió como sabiendo por dónde iba el bolado. ¡Mi hija la tuve cerca de los veinte! Ahora ella cumple los dieciocho. Sume y reste y verá.

— ¡Buena edad para una mujer!

— ¡El tiempo pasa rápido!

— ¿Por qué se quedaron con un sólo hijo?

— Fue un parto muy difícil y eso provocó mi infertilidad.

— ¡Lo siento!

— Al menos pude tenerla a ella.

— ¡Si! Y parece que no puede negarlo, si no las conociera diría que son hermanas.

— ¿Verdad que se parece mucho?

— ¡Bastante! ¡Y en todo! Lo digo por la belleza. ¿Imagino que ha esa edad, usted era idéntica?

— ¡Casi! ¿No le ha hablado su padre de mí? ¡Más o menos a esa edad me conoció él!

— ¡De verdad! Mire que vueltas da la vida.

— Él y el padre del Ramiro eran los más «novieros» de aquel tiempo. —Dejó escapar un recuerdo agradable con su gesto en la cara.

— ¡Sólo espero que le haya dejado un buen recuerdo! —Lo dijo en doble sentido.

— ¡Claro que sí! Su padre siempre fue un hombre muy respetuoso. —Aunque lo dijo de manera seria, en el fondo ella sabía que aquella historia tenía cola.

Ramón, por su parte, conociendo a su padre supuso que entre los dos hubo más que buenas intenciones, pero siguiendo los consejos de su progenitor, se limitó a omitir opiniones respecto a las damas que ellos habían conocido, por respeto.

De repente, la voz de auxilio de un becerrro se comenzó a escuchar en la oscuridad.

— ¡Oh no! ¡Este pequeño se volvió a salir del corral! ¡Tengo que ver cómo lo meto de nuevo! —Se puso de pie para tratar de ubicar al ternero.

— ¿Si tiene un lazo, se lo puedo atrapar? —Le dijo Ramón poniéndose a la orden.

— ¡Ahí está uno! —Le mostró uno que se encontraba enrollado en un tronco del árbol de amate.

El tipo lo agarró y se dirigió al potrero detrás de la casa. La mujer lo siguió de cerca para tratar de orientarlo e indicarle el lugar del corral.

El joven, acostumbrado a tratar con los animales, cuando lo descubrió en la oscuridad. Comenzó a mover el lazo sobre su cabeza tratando de realizar un círculo. Cuando estuvo listo lanzó la soga y cazó al fugitivo.

La mujer, que se encontraba a unos pasos de él, se alegró y le dijo contenta:

— ¡Es bueno para el lazo! ¡A la primera lo agarró!

— ¡Por suerte! ¡Hubiera quedado mal parado si no lo hacía! —Le dijo sonriendo.

— ¡La suerte se ayuda mucho con la práctica! Le mostraré por dónde meterlo. —Le dijo enseñándole el camino.

Metieron al animal en su lugar y decidieron volver a bajo el amate. Caminaron varios pasos, cuando un sonido que parecía una pequeña maraca llamó la atención al joven. Detuvo en seco a la mujer y le dijo con voz potente y firme.

— ¡No se mueva por favor!

La mujer se paró de inmediato y mirándolo a su costado le preguntó:

— ¿Qué pasa?

— ¡Una cascabel!

— ¡Una culebra! —Lo dijo asustadísima y saltando en pequeños saltos, como una bailarina de balet, se agrró del brazo del joven y con la misma saltó para quedar subida en el chico. Este se vio sorprendido y como llevaba el lazo en la otra mano, a penas pudo sostenerla con una mano agarrándola de la cintura.

— ¡Esas cosas me dan pánico!

El animal pareció asustarse y el sonido de su cola se puso más fuerte.

— ¡Está muy cerca! —Le dijo y se puso a mover el lazo por los alrededores para ver si la alejaba.

De repente, el tipo sintió la mordida del réptil en la punta de su bota y, con la misma, comenzó a bailar con una sola pierna tratando de apartar el animal de su bota porque parecía que estaba atorada. La mujer, mientras tanto, le decía que alejara aquel reptil que lo podía morder. El esfuerzo fue bueno y la culebra salió volando para caer muy lejos.

A todas estas, la mujer estaba enrollada sobre el tipo y éste la sostenía con sus dos brazos de sus nalgas, porque con tanto movimiento el vestido se le había subido hasta el estómago. Cuando lograron controlarse, la mujer le dijo que seguía teniendo miedo.

— ¡Ya pasó el peligro!

— ¿No lo mordió? —Le preguntó asustada casi en el oído.

— ¡Creo que no! Pero no sé porque sentí algo en mi pie.

— ¡Ojalá que no porque son muy peligrosas! ¿Abrán más por ahí?

— ¡No tengo ideas!

— ¿Le molesta si me quedó en sus brazos?

— ¡Para nada! ¡Es un placer tener a una hermosa mujer en mis brazos!

— ¡Gracias! ¡Pero lo de hermosa se lo debo! ¡Ya estoy vieja!

— ¡Viejo son los caminos y todavía aguantan el paso del tiempo! ¡Estoy seguro que usted todavía puede hacer reventar cuetes!

— ¡Lo que dice usted! ¡Me pone nerviosa!

— ¿Me ha de decir que no hace el amor con su marido? —Se fue directo al grano.

— ¡Si pero no tan seguido! ... ¡Parece que ya no le gusto!

— ¡No lo creo porque usted sigue siendo hermosa!

— ¡Usted lo dice por amabilidad! Pero yo no mesiento bonita.

— No diga eso, usted es una hermosa mujer. Yo soy hombre, lo veo y lo estoy sintiendo.

— ¡Gracias por sus palabras! Pero yo me veo en el espejo. — Se apretó al joven como deseando sentir su cuerpo.

Ramón, no dijo nada pero se puso a acariciarle la espalda y parte de las nalgas porque sus manos estaban en esos lugares. La mujer solamente cerraba los ojos al sentir el rozar de aquellos dedos. Respiró profundo y dijo:

— ¿En esta oscuridad no se ven nada? ¿Se habrá ido la culebra?

— ¡No escucho nada! ¡Déjeme dar unos pasos!

Al caminar, se escuchó un pequeño ruido.

— ¿Qué es eso? —La mujer aprovechó para enroscarse más al tipo.

— ¡No lo sé! ¡Esperemos un momento! ¡Es mejor no movernos!

— ¡Sí! —Le respondió casi como con un murmuro.

— ¡Pero voy a tener que cambiármela de posicion para aguantar! —La mujer estaba sostenida por los dos brazos, uno en la espalda y otro en las piernas, mientras que ella se colgaba de su cuello.

— ¡Lo siento! ¿Peso mucho, verdad?

— ¡No tanto! Pero de otra manera es mejor.

— ¡Está bien! —le dijo confiada y dándole completa libertad para ejecutar la accion.

La dama no se imaginaba la maniobra. Ramón, en un movimiento de cintura, la levantó en sus brazos y con la misma se la encasquetó en su cuerpo. Es decir, la levantó por la cintura como una pluma y se la colocó sobre la cintura, con las piernas enrollándolo. Sorprendida la mujer solamente se limitó a decir:

— ¿Cree que así pesaré menos?

— ¡El peso es el mismo! Pero la comodidad y el movimiento son mejores. ¿Le molesta?

— ¡Un poco! ¡Imagino que si alguien me viera así pensaría cosas muy feas! —La mujer estaba sostenida sobre de las nalgas por las dos grandes manos del joven mientras ella se sostenía del cuello un poco separada.

— ¡Por suerte la noche está oscura! —Le dijo subiéndosela un poco.

— ¡Es verdad! ¡Por suerte!

— ¡Entonces agárrase bien! ¡Voy a caminar para ver si hay más culebras alrededor!

— ¡Está bien! —La mujer se apretó al cuerpo musculoso del joven y se comenzó a sentir nerviosa al sentir el movimiento. Era la primera vez después de muchos años que no sentía aquel hormigueo en su cuerpo.

— ¡Si le molesta algo me dice, no la quiero ofender! —Le dijo el puto midiendo el terreno.

— ¡Nada! ¡Todo está bien! —Le dijo la mujer casi murmurando las palabras.

Ramón supo leer de inmediato aquellas palabras y para poner de su lado la balanza, le dijo:

— ¡Me temo que posiblemente hayan más culebras por aquí! ¡Así que no la puedo bajar todavía!

— ¡No me baje por favor! —Le suplicó la mujer apretandose con fuerza de aquel varón.

Como el cuerpo de la dama se bajaba, el chico le dijo:

— ¡Tengo que acomodármela para agarrarla mejor ¡Su vestido provoca que se deslice! —En cierta manera tenía razón, pero el lo hacía con doble intención.

— ¡Haga lo que quiera! ¡Lo único que deseo es que no me baje! — Lo dijo casi suplicándole que aquel instante no desapareciera.

Ramón, siendo más vivo de lo normal, se la acomodó y en el movimiento le levantó el vestido para meterle sus manos sobre la piel. La mujer no dijo nada pero al sentir el contacto solamente hizo un gesto de timidez apretando un poco sus piernas.

— ¡Así esta mejor! —Le dijo suave al oido provocando que la mujer sintiera mil hormigas en su cuerpo.

— ¡Si así lo dice! —Le respondió bajito la mujer casi como una jovencita en su primer contacto.

— ¡Esta perfecta! ¡Y como lo sospechaba su cuerpo esta muy deseable!

— ¡Si! ¿No le parezco muy vieja?

— ¡Para nada! ¡Cierre los ojos y siéntame! ¡Verá que su cuerpo reacciona como una verdadera mujer!

Doña Isabel obedeció sin responder y se dejó acariciar. En menos de lo que canta un gallo la estaba haciendo cantar alabanzas y glorias a la vida. Luego el puto le quiso hacer el amor y le preguntó:

— ¿Quiere que le haga el amor?

— ¡No lo sé! ¡Creo que no!

— ¡Muy bien!

— ¿Se puede hacer así? ¡No es pecado! —Agregó deseosa y temerosa.

— ¿Por qué? ¿Acaso su marido nunca le ha hecho el amor de esta manera?

— ¡No, nunca! ¿Se puede hacer de este modo? ¿No es pecado? ¡Eso creo que sólo las mujeres de la calle lo hacen!

— Pecado es que su marido busque a estas mujeres teniendo a tan hermosa mujer en su casa.

— ¿Quizás lo hace porque yo no le doy lo que él quiere?

— ¡Puede ser! Por eso la mujer debe de tratar de complacer a su marido para que no vaya a buscar a fuera.

— ¡Pero eso yo no lo conozco! ¡Nadie me ha enseñado! ¡Yo trato de complacerlo y hago lo que el me pide!

— ¿Verdad que sólo lo hacen una vez y usted abajo de él? —Le preguntó el puto conociendo de antemano la respuesta.

— ¡Si! ¿Es malo?

— No es malo, pero después de un tiempo se aburre. Hay que variar.

— ¿Alguna vez le ha besado las piernas, metido la cabeza en medio, le ha mamado los senos, le ha hecho el amor por detrás?

— ¡No, nada de eso! ¿Cómo va a pensarlo?

— Pero si se fija, eso lo hacemos seguidos con las chicas de la calle. ¡A lo mejor por eso los casados buscan afuera de su casa!

— ¿Usted cree?

— ¡Estoy seguro!

Mientras hablaban, el joven aprovechaba para acariciarle y pegársela a su cuerpo para que la mujer sintiera su virilidad. La dama, con el pretexto de que tenía miedo, se apretaba y buscaba el contacto. Tanto así que la tenía bien mojadita y sudando por todos lados. Para mala suerte, en la distancia se escuchó la voz de la hija preguntando por ella.

Para qué quiso más, la vergüenza de madre pudo más y se bajó del caballo en un solo brinco. Se arregló sus prendas y con un corridito rápido se puso delante del tipo en dirección de la casa.

Cuando se encontraron, la madre le explicó lo del ternero y el chico le mostró el lazo. Luego, ella dirigió la mirada a su marido y lo vio todo doblado.

— ¡Ah mira tu padre! ¡Ahora nos va a costar meterlo a la cama!

— ¡No se preocupe que si me echa una mano, los dos lo metemos!

— ¡Si me hace el favor!

— ¡Con gusto se lo hago! —Lo dijo sin verla pero ambos comprendieron la doble intención.

Mientras los mayores llevaban casi arrastrando al dueño del lugar, la hija terminaba de recoger todo lo que había quedado bajo los amates. Apagó la lámpara «Coleman» que colgaba de las ramas, unos cuantos candiles del corredor y se metió a la casa un poco temerosa, no mucho le gustaba la oscuridad.

Mientras tanto, los cargadores del borracho, llevaban a puras penas al saco de huesos. Ramón llevaba toda la carga, había metido un brazo sobre sus hombros y con el otro apenas lo lograba agarrar. Por esa razón, doña Isabel se puso del otro lado para echarle una manita. También le metió el hombro al esposo.

Cuando iban a medio camino entre el patio y la casa, el puto, al sentir que uno de los senos de la doña le aprisionaba la mano, no quiso desaprovechar esa oportunidad. En cada paso que realizaban le tocaba el seno con sus dedos. Al principio, suavemente pero luego con más intensidad. Claro que la señora no puso resistencia, aunque al inico solamente se le quedó mirando como diciéndole « ¿qué esta haciendo, picaro? » y luego solamente sonrió. La mujer se prestó al juego y movia su seno para que los dedos tocaran el seno sobre el vestido en el lugar que ella deseaba.

Cuando llegaron a la puerta de entrada de la casa, tuvieron que realizar una pausa forzada. El saco de papas casi se les caía porque al arrastrar las patas se le quedaron trabadas en algo. A pura fuerza, el chico lo levantó y se lo colocó mejor. A todas estas, Isabel le ayudaba a no dejarlo caer. Cuando le tocó el turno de volver a meter su hombro, la mujer se agachó un poco y en ese instante, su vestido se aflojó un poco. Ramón, que estaba en la jugada, aprovechó para meter su mano en el espacio que dejaba el sobaco.

La mujer que no esperaba a aquella intrusa, se le quedó mirando como diciéndole «aprovechado», pero hasta ahí llegó la intervención porque la dama simplemente se acomodó levantando su brazo para darle más libertad a la intrusa.

Durante ese tramo hasta llegar a la orilla de la cama de los esposos, aquella mano no se limtó a tocar el sostén sino que se introdujo hasta llegar a jugar con el pezón de la mujer. Ese pequeño paseo se convirtió en una dulce caminata para aquella esposa que tenía meses de no ser tocada por su marido.

Al llegar frente a la cama matrimonial. La señora le dijo al chico que habían llegado queriendole dar a entender que la tocadera debería de terminar. El joven sacó su mano traviesa con una sonrisa de yo no he hecho nada. Luego le preguntó:

— ¿Cómo lo ponemos? ¿Lo va a desvestir?

— ¡Pongámoslo a lo largo y luego lo desvisto!

— ¡Lo tomaré por los hombros mientras que usted de las piernas, lo levantamos y lo colocamos! —La jugada parecía fácil.

Lo tomaron de ambos lados y se dispusieron a ejecutar la acción. Ellos no contaban con el peso de aquel panzón. La mujer tuvo que abrirle completamente las piernas al esposo para poder sostenerlo mientras que el otro, lo tenía prensado metiendo sus brazos por la espalda del individuo.

Aquel mueble matrimonial mandado a hacer especialmente para la ocasión, era inmenso y alto. Apenas lograron ponerle las nalgas en el colchón, para llevarlo al medio de la cama era otro cuento. Mientras la mujer se arrodillaba con las piernas entre sus brazos, el joven se deslizaba con el torso pegado a su pecho.

Entre risitas nerviosas, lo fueron deslizando hasta ponerlo en el lugar adecuado. Cansados se vieron las caras los cargadores, el había quedado atrado con el peso del torso y la mujer con las rodillas de su marido en sus costillas.

La esposa un poco resignada a su marido al verlo completamente dormido y borracho, se puso a desabotonarlo mientras el puto la veía realizar aquella accion. Un impulso profundo le hizo decirle algo:

— ¡Sabe que es hermosa! —le dijo suave.

— ¡Gracias!

— ¡Me gusta! —Alargó su mano y con la punta del dedo se lo introdujo en medio de los senos para tocarle la piel.

— ¡Gracias! — Le volvió a repetir mientras cerraba sus ojos para sentir aquel dedo inquieto.

En ese momento, aquel muerto pareció revivir y se enderezó. Abriendo sus grandes ojos se le quedó mirando a la mujer que se quedó asustada sin nada que decir. Ramón, por su parte, retiró su dedo y se quedó a la espectativa.

Don Gregorio soltó una sonrisa de viejo verde y alargó sus dos manos para ponerlas sobre los grandes senos de su esposa. Luego, las introdujo bajo el sostén y los sacó de aquel encierro. Los levantó para observarlos por unos segundos. Isabel, que se había quedado paralizada sin poder hacer nada, le clavó los ojos al chico que aprovechaba aquel espectáculo.

Todo iba bien hasta que el señor metió las patas. Pronunció el nombre de otra mujer y el rostro de la mujer cambió a vinagre. Agarró las manos del marido y se las quitó de encima de su cuerpo. El borracho simplemente sonrió y volvió a caer dormido.

La esposa desnudo al esposo casi arráncandole la ropa del cuerpo y al terminar, se levantó enojada de la cama. Ramón, se safó como pudo de aquella prision humana.

Isabel se quedó echando rayos al pie de la cama mientras se alizaba la falda de su vestido que la tenía arrugada. Al ver al chico que la miraba, le dijo:

— ¡Hombres! ¡De seguro es el nombre de su amante! ¡Y yo respetándolo! ¡Idiota! — Se dijo.

Ramón no se atrevió a decir ninguna palabra y dejó que la dama disipara su rabia. La mujer cerró la puerta de su cuarto y luego se prescipitó a abrir la ventana de su dormitorio. Se quedó mirando la luna y, en ese momento no aguantó más, se puso a llorar.

El chico se acercó despacio y se puso detrás de ella sin decirle nada. La mujer lo sintió y le dijo:

— ¡Discúlpeme! —Se comenzó a secar las lágrimas.
El joven le puso las manos sobre sus hombros y le dijo:

— ¡Si quiere llorar! No se detenga por mí.

Para su sorpresa, la mujer tirándose hacia atrás se apoyó en el pecho del muchacho. Él la recibió sin decir nada y metió sus manos por la cintura de la dama. La mujer le dijo suave:

— ¡Me puede abrazar por favor!

El puto la abrazó fuerte y la mujer poniendo sus manos sobre las de él, respiró profundo y las subió para depositarlas sobre sus senos. Ramón volvió a sacar aquellos senos al aire y se puso a besarla suavemente en el cuello. La mujer, por su parte, metió las manos por atrás para agarrarle las nalgas al joven. Las apretó contra ella mientras se encorvaba un poco levantadno sus senos. Ramón los atrapó con sus manos sin dejar de besarle el cuello que se doblaba hacia atrás para mejor sentir las caricias. Una de las manos del chico bajó hasta la cintura, subió la falda del vestido y logró meter sus dedos en medio de las piernas. Todo eso terminó cuando ella explotó en silencio con mucha satisfacción.

La mujer quería que aquellos minutos se hicieran eternos pero la voz de su hija Amanda la volvió a la realidad. Retiró las manos del joven de su cuerpo y se fue caminando rápido hacia la puerta para que su hija no los encontrara muy pegados.

Al llegar a la puerta, antes de abrirla, se volteó para verlo y musitando «un gracias», se lo dijo. La hija estaba parada frente a la puerta y sonriendo le preguntó si quería comer algo porque ella se iba a servir algo.

La madre se lo agradeció pero le dijo que no tenía hambre y para despistar le dijo que su padre estaba muy gordo. Luego, volteó a ver al invitado y le preguntó si deseaba algo.

— ¡Si tiene algo calientito! ¿Por qué nó? —Le respondió con una bella sonrisa y se dirigió a la mesa. Se sentó a un costado de la muchacha que había escogido un estremo de la mesa rectangular.

Mientras las madre preparaba la bebida caliente, Ramón aprovechó aqeul instante para interactuar con la jovencita que no cabía en su asiento por estar sentada junto al joven que tanto admiraba.

Este para romper el hielo, le preguntó:

— ¿Así que estás cumpliendo los dieciocho? ¡Ya estás llegando a la mayoría de edad! ¿Tienes novio? —Le dijo la última frase despacio y como un murmullo.

— ¡No! —Le respondió timidamente la jovencita con un poco de vergüenza.

— ¿Pero te gustaría tenerlo?

— ¡No lo sé! ¡Quizás sí, quizás no! ¡No creo que mi padre me lo permita!

— ¿Le vas a pedir permiso?

— ¡Claro que sí!

— Dime una cosa ¿Ya te han robado un beso? ¡Sabes que tienes unos labios preciosos! ¡Dan ganas de morderlos!

— ¡Usted lo que dice! ¡Me está poniendo nerviosa! —Su rostro pareció ponerse de un colorado suave.

— ¿Te enojarías si te robo un beso? Digo, ¡cómo regalo de cumpleaños!

— ¡No lo sé!

— ¡Cierra los ojos! —Le puso su mano sobre la de ella.

La jovencita solamente respiró profundo y abrió los ojos muy grandes. Al verla, le dijo:

— ¿No quieres? ¡Sólo un piquito!

La chica, entonces, volteó a ver hacia la cocina para ver si la madre no estaba cerca. Se le quedó mirando y le dijo:

— ¡Síi ¡Pero uno pequeño! —La muchacha cerró completamente sus ojos y esperó.

Ramón se le acercó y la besó suavemente. Luego se apartó y los ojos de la mujer brillaban como estrellas en plena noche. Su corazón se puso a bombear rápidamente y se le quedó mirando con ojos de enamorada. El chico volteó a ver a la cocina y le preguntó despacio y casi al oído:

— ¿Te gustó? Porque a mi sí, y quiero otro.

— ¡Si! —Le contestó como pidiendole más.

Ramón se acercó y le dio otro, solamente que éste fue más intenso y con un pequeño mordisco en los labios de ribete para dejarla picada.

— ¡Si quieres más me avisas! —Le dijo con una sonrisa de pícaro.

Amanda estaba en las nubes, era la primera vez que un verdadero hombre le hacía avances de esa naturaleza. La osadía y el atrevimiento descarado del puto la tenían comiendo de sus manos. Por dentro, la joven estaba que se moría por un poco más de contacto íntimo.

Ramón, más corrido en esos temas, leyendo el sentir de aquella doncella la fue llevando hasta dónde él deseaba. Primero, aprovechando la oscuridad de la habitación porque solamente había un candil en la mesa, se puso a tocarla con sus rodillas.

La chica, al principio, se alejó de aquel contacto bajo la mesa, pero luego agarró confianza y se dejó tocar. Se metió al juego de la seducción mientras por arriba de la mesa llevaban una conversación normal.

Los cuerpos se pegaron a la mesa y se acercaron por debajo, una mano de aquel seductor se deslizó por encima de la mesa y se fue a buscar uno de los senos de la joven que había colocado sus manos sobre el mueble. La mano se deslizó bajo el antebrazo de la cipote mientras que la otra hacia de las suyas por debajo. Ambos hablaban como si nada, pero la mujer cada vez daba más libertades a aquel traviezo.

A los minutos, la madre hacía interrupción en la sala y se acercaba a pasos ligeros al lugar. Desde las primeras palabras, la mano sobre la mesa regresó cerca de su cuerpo.

Ramón, más fresco que lechuga recien cortada, recibió la bebida caliente y la colocó frente a él sosteniéndola con las dos manos. Mientras tanto, la hija trataba de recobrar sus nervios y se mantenía callada haciendo la pantomima de estar comiendo.

Isabel se colocó en el otro extremo de la mesa frente al joven dejando a su hija en medio. La madre muy sonriente les preguntó:

— ¿Y dé qué hablaban?

— ¡De todo y de nada! —Respondió el chico sonriente.

— ¿Le comentaste que viste a su prima? La enfermera.

— ¡No! De eso no hemos hablado. —Le respondió el muchacho porque la hija no soltaba palabra alguna.

— Si, la vio en la fiesta y conversaron un poco. Mi hija siempre ha tenido el sueño de ser doctora.

— ¿De verdad? ¿No lo sabía?

— Si pero ese sueño creo que no podrá ser.

— ¿Por qué? Los sueños están para realizarlos. ¿Qué la detiene?

— ¡Qué va ser! Tendría que ir a la capital, debe de costar una fortuna y, para colmo, no creo que el padre le de permiso.

— ¡Yo no estoy de acuerdo! Ponga de ejemplo a mi prima, según sé: se unió con unas amigas, alquilaron una casa y mirela hoy, es una enfermera. Y si somos honestos, los padres de ella no tienen las facilidades que ustedes tienen.

— ¡Ves mamá! ¿Por qué no?

— ¡No lo sé! Pienso en tu padre y veo difícil que acepte.

— Pero si tú me ayudas, se podría lograr.

— ¡Déjame pensarlo! —La madre se sintió un poco incómoda con el tema y se le notó enseguida.

— ¡Ramón! ¡Ayúdeme! ¡Convénsala! —Le dijo tocándole la mano sobre la mesa y por debajo de la mesa, con su pierna que estaba sobre las piernas del chico, lo acariciaba.

— ¡Niña! ¡No pongas en problemas al joven! ¡Ya te dije que lo voy a pensar!

— ¡A lo mejor su madre no quiere porque tiene miedo que vaya a buscar novio por allá!

— ¡No es eso! De eso ya hemos hablado y no es problema. En lo personal no deseo que le pase lo mismo que a mí. Solamente tuve uno y ahí me quedé. Yo le digo que tenga amigos y que los conozca, tal vez ahí encuentra uno.

— ¡Pero como voy a tener si no me dan permiso de salir! ¡Ya no soy una niña y aquí me aburro!

— ¡Lo sé hija pero así es la vida! No te prometo nada pero lo pensaré. Ese tipo de decisiones no se deben de tomar a la ligera, hay que pensar muchas cosas.

— ¡Tal vez Ramón te puede ayudar al respecto! Él parece un hombre que sabe muchas cosas.

— ¡Si puedo serles util en algo? ¿Por qué no? Aunque la verdad de eso no se mucho, pero puedo averiguarles algo con mi prima.

— ¿Lo haría? ¡Yo se lo agradeceria mucho! ¿Verdad mamá?

— ¡Se lo agradeceríamos mucho! ¿Usted cree que sería posible alquilar o comprar una pequeña casita en la capital?

— ¡De poder, se puede! La pregunta es ¿Usted y su marido están dispuesto a dejar marchar a su hija?

— ¡Mi papá no! —Dijo la hija un poco desilucionada.

La mamá se quedó pensativa y luego mirando la taza del chico le dijo:

— ¿Le preparo otra tasita de chocolate?

— ¡Deberías de ofrecerle un pedazo de quezadilla!

— ¡Es verdad! ¡Pero tengo que calentársela!

— ¡Por mi no se preocupe!

— ¡Créame que no es ninguna molestia! ¡Honestamente es la primera vez que tenemos este tipo de conversacion y creo que es muy interesante e instructiva! ¿Espero no se esté aburriendo?

— ¡Para nada! ¡Ustedes son dos mujeres muy interesantes y hermosas!

— ¡Gracias por lo que me toca! ¡Ya vengo!

La señora se levantó y se dirigió de nuevo a su cocina. Mientras tanto los dos jóvenes guardaban silencio como esperando que la madre se alejara. Y cuando ya no estaba ni su sombra, la muchacha le dijo suave:

— ¿Usted es bien malo? — Le dijo con una sonrisa coqueta mientras le ponía la mano sobre la del chico que la tenía en su pierna por debajo de la mesa. ¡Me está haciendo ruborizar!

— ¿Pero te molesta?

— No pero... ¿Qué va a creer de mí, usted?

— ¡Nada! Que eres una mujer hermosa, de lindas piernas, de piel suave, de labios tentadores y de senos embriagadores.

— ¡Las cosas que dice!

— ¡Es la verdad!

El joven sacó su mano para ponerla sobre la mesa y con la misma, deslizarla para alcanzar el seno por arriba del vestido. Luego le dice:

— ¡Sabes! ¡Me gustas mucho y me gustaría acariciarte de otra manera.

— ¡Me está acariciando!

— ¡Si pero... tú sabes!

— ¡No lo sé!... pero me gusta lo que hace.

En ese momento, el chico había metido sus dedos y tocaba el seno de la joven que se movía para facilitarle el contacto. Por debajo de la mesa, la otra mano hacia de las suyas subiendo la montaña. La pobre cipota estaba completamente mojadita cuando la madre volvía a entrar en escena en la distancia.

— ¿Usted no se cansa, verdad? ¡Me tiene al borde del precipicio! — Le dijo la mujer mirándolo con ojos de enamorada.

— ¡También tú me me tienes muy excitado!

— ¿De verdad?

— ¡Claro! ¡Toca! —El hombre agarró la mano de la mujer y se la puso en medio de sus piernas. Aquella dama, al sentir la virilidad del joven, se sintió con un nerviosismo y felicidad incontrolable que provocó que lo apretara muy fuerte.

— ¡Suave preciosa! ¡Es la única que tengo! —Le dijo sonriendo y a media voz.

La muchacha lo soltó y mostró una sonrisa nerviosa. Se comió un pedazo de quezadilla y se tomó un sorbo de chocolate.

— ¡Me regalas un pedacito de tu quezadilla! —Le sugirió de manera sensual el muchacho.
Por debajo de la mesa, agarró la pierna de la chica y se la colocó estirada sobre sus piernas. La mujer vino y le puso la otra pierna encima.

— ¡Claro que sí! ¡Puede agarrar!

— ¡Quiero que tú me la des en la boca! —Le dijo de manera coqueta mientras la acariciaba por debajo de la mesa.

La muchacha volteó a ver a la cocina y agarró el pedazo de pan para ponérselo en la boca. El puto aprovechó para chuparle los dedos, la mujer lo veía con ojos enamorados.

Cuando la madre llegó por segunda vez, la hija solamente soltó una sonrisa de complacencia mientras bajaba la pierna de las rodillas del joven. La timidez había quedado en el pasado y comenzaba a tomar la iniciativa en aquella relación.

¡Estaba pensando! —Dijo la madre mientras le servía la bebida y el pan. ¿No sé si usted pudiera ayudarnos a averiguar si hay alguna casita por la capital para comprarla? ¡La idea que mi hija siga sus estudios no es de ahorita! Uno de madre siempre quiere que sus hijos se superen.

— ¡En este momento no tengo idea! Pero si gusta, cuando regrese de realizar mis negocios en el otro lado, me puedo dar una vueltecita por la capital y puedo averiguar algo; inclusive podría ver que se tiene que hacer para estudiar en la universidad. ¡Creo que mi prima me podría echar una manita en ese asunto!

— ¡De verdad lo haría! Vea que estaríamos eternamente agradecidas.

— ¡Imagino que su marido estará de acuerdo!

— ¡Ese toro déjemelo a mí! ¡Y hablando del cachudo, me gustaría preguntarle algunas cositas! Pero será en otro momento.

— ¡Pero mamá! Si hija... en esas cosas de pareja prefiero mantenerte alejada. Es tu padre y no deseo que estas cosas te afecten; tú solamente debes de amarlo y no juzgarlo. ¡Además es hora de que te vayas a dormir! ¡Despídete de Ramón porque según sé, se irá al amanecer!

Ambos jóvenes se dijeron buenas noches y la muchacha se marchó contra su gusto a la habitación.

— ¡Cómo usted bien lo dijo! ¡Mañana madrugo!

— Si gusta se queda a dormir en una de las hamacas del patio para que no le caiga el sereno de la madrugada.

— ¡Me parece muy bien! ¡Me despido igualmente por si no la logro verla! ¡Gracias por toda su atención! ¡Y no se preocupe por lo de su hija! ¡Cuando vuelva lo haré!

— ¡Gracias! Yo tengo confianza en usted.

En ese momento, Ramón se salió de la casa y se dirigió a la hamaca que se encontraba entre dos horcones de aquel patio tejado. La luna había hecho su aparición en el cielo y ponía un aspecto misteriso y cálido en el ambiente. Los grillos y cigarras embellecían la noche con su canto. Eran más o menos como a las diez y media de la noche.

Como a los quince minutos, la madre salía con una sábana en sus brazos para dársela al joven para que no aguantara frío. Antes de eso, la señora había estado hablando con su hija, inclusive le habló de su intención de hablar con el joven referente a lo gastado por su padre. Ese era un tema que a las mujeres de la casa les preocupaba mucho.

Ramón se había acomodado en la hamaca, se había quitado las botas y desabotonado la camisa de cuadros. Su sombrero estaba a un costado junto a su pistola y se mecía suavemente con un pie. El calor del verano ya se hacía sentir en el ambiente.

De repente, escuchó uno pasos sólidos que se acercaban, la puerta de la casa se abrió y al ratito, tenía a la doña cerca de su hamaca.

— ¿Ramón ya se durmió? —Le dijo suave.

— ¡No, todavía no! —Le respondió el chico sentándose en la hamaca de forma un poco intespestiva. Colocó sus codos sobre la red y se le quedó mirando con una sonrisa amable.

— Le traía esta sábana para que se cubra, por la mañana da un poco de frío.

— ¡Gracias! —Le dijo tomándosela y colocándola a un costado.

— ¿Ya se va a dormir?

— ¡No lo creo! ¿Por qué? ¿Necesita algo?

— ¡Sí! Necesito preguntarle unas cositas.

— ¡Ah! ¡Muy bien, pregunté! ¿Quiere que platiquemos aquí o qué vayamos a otro lado?

— ¡Aquí está bien! ¡Pero si me voy a sentar! —La mujer agarró una silla de cuero de vaca que no estaba muy lejos de ella. Luego la colocó frente al chico.

La señora tenía puesta un blusón, largo, sin mangas y sin cuello. Un chal de seda le cubría los hombros y los senos. Al sentarse, la prenda larga se le subió arriba de las rodillas y la mujer para cubrírselas, puso sus dos manos con cierta sonrisa de vergüenza.

— ¿Dígame, en qué le puedo servir? —Le colocó de una sus manos sobre las manos de la señora.

— ¿Quería preguntarle si mi marido había perdido mucho dinero en las apuestas?

— ¡La cantidad no lo sé, pero sí perdió bastante en la última!

— ¿Cuánto?

— Todo el efectivo y me quedó debiendo un novillo.

— ¡Eso me temía! ¡Ya no puede dominar el vicio! Tengo miedo que nos deje en la calle… cómo le comentaba, en mi familia muchas mujeres han perdido toda su herencia por el mal manejo que sus maridos han hecho.

— No quiero ser indiscreto, pero ¿Don Gregorio es el dueño de todo o es usted?

— ¡La dueña soy yo!

— ¡Ah bueno! ¡Está en sus manos cuidar lo que le corresponde!

— ¿Cómo?

— Lo primero que haría es guardar en algún banco las escrituras. Si tiene fierro, debería de comenzar a marcar su ganado. De alguna manera, tiene que ponerle freno.

— ¡Tiene razón! —La mujer se puso a acariciarle las manos al joven. ¡Tengo otra pregunta!

— ¿Cuál?

— ¿Qué tanto costará una casa pequeña en la capital?

— No lo sé pero imagino que está al alcance de usted. ¡Unas veinte vaquitas mínimo!

— ¿Usted me ayudaría a venderlas? ¡Le pagaría por ello!

— ¿Cuánto? —Le sonrió.

— ¡No lo sé, usted dirá!

— ¡Yo no le cobraría! Me bastaría... no sé... —Le dijo el joven metiendo sus manos bajo la prenda para acariciarle las piernas.

— ¡Me gustaría que me cobrara! — Le dijo la señora acariciándole los antebrazos, tratando al mismo tiempo de mantener sus piernas cerradas.

— ¡Pero tenemos un problema! ¿Y don Gregorio que pensará?

— ¡Tendré que convencerlo de alguna manera! Y si no, tendré que hacerlo a sus espaldas. Digamos en esos días que se pone borracho. — Sonrió un poco nerviosa.

— ¡Si es así! ¡Usted sólo me dice cuándo y yo le hago todo lo que quiera! —El tipo le abrió las piernas a la mujer y metió sus rodillas para que no las cerrara. Luego deslizó sus manos hasta alcanzarle las caderas para atraerla hacia él. El cuerpo de la mujer se deslizó suavemente y quedó con las piernas arriba del muchacho.

— ¿Entonces cree que vamos a realizar algún tipo de negocio? —Le dice la dama cerrando sus ojos y dejándose acariciar la cintura.

Ramón se aventura y le quita el chal de sus hombros para acariciarle los senos sobre la prenda. La mujer no tenía sostén y sus pezones sobresalian firmemente. El muchacho la sube sobre sus piernas y comienza a besar los senos de la mujer encima de la ropa.

Rápidamente la puso muy excitada y dispuesta a todo. De repente, en el gallinero se escuchó mucho ruido. El relajo de las aves provocó que la mujer se levantara de donde estaba. Se quedo mirando al gallinero y dijo:

— ¡Algún animal quiere comerse mis gallinas! ¡Tengo que ir a ver!

Ambos se precipitan al corral de las aves y descubriero un tacuazín blanco comiéndose unos huevos. Lo espantaron con unos garrotes y luego, con una lámpara de mano, se pusieron a buscar otro ladrón de gallinas.

Cuando estaban en lo mejor de buscar, a la lámpara se le acabó las pilas y, de repente, quedaron en la oscurana total. La mujer se sintió un poco temerosa y se quedó quieta tratando de encender el aparato metálico dándole pequeños golpes con la mano.

Ramón se acercó por detrás y la agarró por la cintura, diciéndole:

— ¡Ya no pelee más con el destino! —Le comienzo a besar el cuello mientras sus manos hacían lo suyo con los senos.

— ¡No peleo! ¡Sólo quiero dejar de buscar excusas!

— ¡Le daré una razón! Me iré al amanecer y, quizás, no tendremos otra oportunidad.

— ¡No verdad! ¡Es una buena!

— Entonces... ¿Terminamos lo que comenzamos hace rato?

— ¡Creo que sí! —Le respondió la mujer entregándose por completo a aquella relación. Su deseo reprimido de tantos meses, le hicieron exigir al máximo a aquel amante de ocasión.

Hicieron el amor, varias veces, sobre un montón de sacos de maíz. Como a la hora estaba entrando en la casa tratando de no hacer buya para no despertar a la hija.

A eso de la una de madrugada, fue el turno de la hija. Esta se había salido por la parte trasera de la casa para no despertar a la madre. Ramón, a pesar de estar dormido, la detectó rápidamente.

La chica se paró cerca de la hamaca, mientras que él disimulaba estar durmiendo. La mujer se agachó y suave le habló al oído.

— ¡Ramón! ¿Está dormido?

— ¡Hola! ¡Estaba pero una princesa me despertó! ¡Aún no sé si estoy durmiendo o soñando! —Le dijo piropeándola y sentándose en la hamaca.

— ¿Podemos hablar?

— ¡Claro! Pero antes regálame un besito—Le dijo metiéndole las manos en los senos desnudos.

La chica le obedeció y el joven aprovechó para sentarsela sobre sus piernas, como lo había hecho con la madre. La muchacha no tenía nada bajo su bata. La beso intensamente y ligerito la tenía babiando por él.

Ahí mismo la hizo gozar de su primera lección de amor. Luego, la joven, retomó sus fuerzas y le pidió que se fueran para su cuarto porque la madre los podría escuchar. Le dijo que le dejaría la ventana abierta para continuar con la charla.

A los minutos, el puto se estaba metiendo al cuarto y terminando de realizar lo que había comenzado. A las cuatro de la mañana se estaba pasando de nuevo para la hamaca y a eso de las cinco de la mañana, la madre se estaba levantando para preparar café porque quería darle desayuno antes de que se marchara del rancho.

Cuando lo fue a buscar, el joven ya se estaba preparando para marcharse en el establo. Sin andar con tantos preámbulos, se la llevó de nuevo al gallinero y volvieron a hacer el amor.

En dirección de chapinlandia.

Ramón tenía encomendado reunir cien cabezas de ganado para su amigo el coronel Méndez. Por esa razón, viajaba a tierras chapinas en busca de dicho ganado. Ahí tenía su base de operaciones en la casa del primo de su madre, su tío Agusto, su tía Catalina y Azucena, la prima; al otro lado del río Paz.

Después de dejar la hacienda de don Goyo, el joven se dirigió a tirras de chapinlandia porque ahí conseguía el ganado a mejor precio. Desde sus primeros pasos en la compra de ganado, siendo jovencito, se ganó el cariño y respeto de su tía. Por eso, desde ese momento su centro de actividades fue establecido ahí porque se acoplaba perfectamente a sus necesidades: pegado al río, pastizal en buen estado y gente de confianza.

Del lado guanaco, las tierras de don Tiburcio, ofrecían las mismas garantías. Claro que aquí, Santiago, su capataz era la pieza fundamental.

Ese mañana, precisamente se encontraría con Santiago a medio camino para poner en orden todas las ideas de aquel cargamento de ganado. Le daría parte del dinero para que pagara a los hombres que utilizaría para atravezar las reses por el río de un paíz al otro. Según los últimos datos obtenidos, su tío ya le tenía como veinticinco cabezas listas para cambiar de país.

Según lo acordado con anterioridad, el capataz lo estaba esperando en la zona indicada. Desde ahí comenzaron a poner las comas y los puntos para dejar claro cada movimiento. Rápidamente se pusieron de acuerdo y armaron el negocio. Ramón confiaba completamente en aquel muchacho.

Santiago era un chico algo tímido y su sueño era ser tan bueno con las mujeres como Ramón. Entonces, aprovechando la caminata, el chico se atrevió a pedirle algunos consejos a su ídolo.

— ¡Ramón! ¿Le puedo hacer algunas preguntas personales? —Le preguntó de manera un poco avergonzada, con cierta pena.

— ¡Claro hombre! ¿Pa' qué soy bueno?

— ¿Quería saber si me podía dar unos consejitos para utilizarlos con las mujeres? ¡Todos sabemos que usted es muy bueno en esas cosas!

— ¿Quieres saber algo sobre las mujeres?... ¡Me la pones difícil! Hablar de las mujeres es fácil, comprenderlas es otra cosa y conocerlas es casi una tarea imposible.

— ¿Y cómo hace para tener tanto éxito con ellas?

— Si tengo que resumirte el asunto, diría que es la mezcla de muchas pequeñas cosas que se logran con el paso del tiempo. Te diría mentiras si te digo que eso lo he logrado de la noche a la mañana. Si alguien te dice eso, es un gran mentiroso.

— ¿Qué tengo que hacer para conocer a las mujeres?

— Mi padre me dijo un día, antes de conocer a los demás, es necesario que te conozcas primero. No puedes pretender conocer a las mujeres sin antes conocerte tú. Te doy un ejemplo, todas las mujeres tienen zonas muy sensibles que tocadas en su debido momento las haces doblar las rodillas. La pregunta es ¿tú conoces cuáles on tus zonas sensibles? De igual manera, tienes que saber qué es lo que te hace excitar, qué tan fuerte eres en la cama, qué tanto léxico tienes para enamorar, qué tanto dominio tienes sobre ti y así sucesivamente.

— ¡Yo sé que soy muy tímido!

— La timidez se supera con la práctica. Lo primero que tienes que hacer es no tener miedo al fracaso y pensar que simplemente estás practicando. Yo me di en la cara muchas veces y desperdicié muchas oportunidades por indeciso y pendejo.

— ¿Cómo le gustan los hombres a las mujeres?

— ¡Eso tendrías que preguntárselo a ellas! Pero yo te sabré decir que ellas aman los hombres que no andan mucho por las ramas, que demuestren seguridad, alguien que les enseñe algo, alguien que les haga soñar aunque sea por un momento, alguien capaz de arriesgarse por ellas, que les sepa enamorar los oídos. Tienes que saber que la mujer es un ser muy vanidoso, bastante inseguro y muy orgulloso. Se compara mucho con su mismo sexo.

— ¿Cuál sería el peor error que podría cometer con una mujer?

— ¡Creer que es una tonta! La mujer es más lista e inteligente que el hombre, en general. Mira a tu alrededor y te darás cuenta que detrás de un hombre poderoso, hay una mujer que lo maneja como un títere. También, nunca debes de cometer el error de dejar a una mujer insatisfecha o caliente. Una mujer bien atendida es mujer complacida y, de ese modo, la tienes en tus manos. Nunca te pongas a acariciar una mujer sino vas a ser capaz de complacerla.

— ¿Cuál sería una de sus claves para conquistarlas?

— ¡Saber escuchar! A la mujer le gusta hablar. ¡Ser paciente y llevarlas poco a poco! La mayoría de hombres sólo van directo al mandado, la mujer, en cambio, va calentando de a poquito. Eso sí, cuando está en su punto, olvídate de la paciencia y acelera. ¡No desperdiciar los momentos! Las oportunidades llegan raramente dos veces, así que aprovéchalas o quedarás para toda la vida con el pudo ser o el quizás. ¡Saber o enteder su ciclo hormonal! Las mujeres, en general tienen su regla cada veintiocho días. Cinco días antes están de mírame y no me toques, pero al mismo tiempo ardiendo por dentro. Después de la mestruación, los cinco días siguientes están suavecitas y con las ganas a flor de piel. Ademas, en esos días es casi imposible que queden embarasadas. ¡Tienes que hacerlas acabar antes a ellas! La mujer puede tener orgasmos varias veces de manera seguida, uno de hombre con la primera quedas noqueado. Así que tienes que ser inteligente: primero, calentarlas, luego llevarlas al cielo una o dos veces y tercero subir juntos a la cima de lo imposible para dejarse caer como pluma en el viento. ¡Tener alma de maestro! La mayoría de mujeres no han tenido muchos amantes y, por lo general, no conocen muchas posiciones sexuales. Casi siempre conocen sólo la del misionero. Mi padre me decía: cuando te acompañes trata a tu mujer como una esposa respetable, delante de todo el mundo: como una amante, delante de los amigos y familiares y como una puta, en la cama. El viejo no andaba muy perdido. Uno de los grandes errores de los matrimonios de hoy en día es que las mujeres de la casa casi siempre son utilizadas para cuidar las paredes de la casa, atender a los hijos y dar de comer al marido. En la cama apenas les cumplen. Estos mismos tipos gastan su plata con sus amantes, cojen de mil maneras con las putas y cuando llegan a casa, ni siquiera les dan los buenos días a sus mujeres. Eso sí, meterse con una mujer casada es meterse en líos fácilmente aunque parezca una aventura tentadora porque están deseosas de sentirse queridas, amadas y dispuestas a echarse una canita al aire siempre y cuando sea pasajero. El error de muchos amantes es que se quieren convertir en maridos y se vuelven chicles. Yo aplicó la ley del muerto: «después de tres días apesta». Poniéndotela en palabras claras: una visita después de tres días apesta o mejor dicho una relación de tipo amante, después de tres veces te lleva directo al cementerio.

— Según dicen, usted no perdona a ninguna

— ¡Por qué he de perdonarlas! No hay mujer fea, todas son hermosas, todas tienen algo que ofrecerte y todas son seres humanos. Dime ¿Con qué cara voy despreciar a una dama; sea esta joven, madura o mayor? Y te diré algo, entre más mayorcita, mejor.

— ¡Imagino que se refiere a las casadas!

— El estado civil me tiene sin cuidado. Si un marido no atiende a su mujer, pues lo siento; ella merece que la atiendan. Si una divorciada es considerada dañada, te diré que es mujer experimentada. Si una abuela se cree que es cosa del pasado, te diré que esa mujer vive su presente con más ganas que una adolescente. Y en cuanto a las jovencitas, que se mueren por aprender, no queda más que ofrecerles un momento de placer.

— ¡Imagino que se ha metido con mujeres casadas! —Volvió a traer el tema al ruedo.

— Si, imaginas bien. —Ramón adivinando por dónde iban corriendo las aguas del río, agregó: Te daré un consejo sin que me lo pidas, meterse con casadas es meterse en líos, como te lo dije anterioremente. ; Ellas ya tienen su hombre y a ningún varón le gusta que le trasteen a su costilla. Yo mantengo una regla de oro con ellas, «picar la torta, no más de tres veces, y salir corriendo». La mayoría de las casadas sólo quieren un momento de desahogo.

— ¿Pero cómo se hace para no agarrarse de ellas?

— Primero, no te hagas tantas ideas en la cabeza; segundo, no metas el corazón en ello; y tercero, míralo como un momento de placer para ambos... punto final.

— ¡Eso quiere decir que nunca más se ha metido con la misma mujer!

— ¡No quiere decir eso! Después de cierto tiempo, la cuenta vuelve a comenzar de cero, si se presenta la oportunidad pero siempre aplico la misma regla. No más de tres veces.

El chico se quedó pensativo y Ramón comprendió que aquel joven andaba nadando en aguas peligrosas.

— Te sabré decir que yo puedo contar con los dedos de mi mano el número de mujeres casadas con las que me he metido. Con cada una, he respetado esas tres reglas de oro y cómo ves, aquí estoy contándotelas.

— ¡Parece que con las mujeres siempre se corre algún riesgo: si no son padres protectores, son hermanos celos, enamorados enculados, maridos celosos y hasta hijos mimados! ¡Quizás lo mejor es buscarse una monjita para evitarse problemas! —Sonrió sarcásticamente.

— ¡Tienes razón! Pero el hombre inteligente debe de buscar el problema menor y no el mayor. Recuerda que los cementerios están llenos de héroes y gente que se cree valiente. Y te diré que hasta con las monjitas puedes llegar a tener algún tipo de problemas, ellas también son mujeres debajo de sus hábitos. —En ese momento, al puto se le vino a la cabeza la hermanita Trinidad. A quién le llamaba cariñosamente «**la monjita rebelde**».

Como ya iban llegando al lugar en dónde se separaban. Ramón le dijo que no se arriesgara con las mujeres y, en son de broma, le dijo el chascarrillo sobre la hormiguita que había perdido la cabeza por querrer recuperar su culo.

Como el muchacho no lo había escuchado, le pidió que se lo contara y éste se lo dejo ir diciéndole: «un día una hormiguita iba atravezando las líneas de un tren cuando la locomotiva pasó y le cortó su cuerpecito dejando su culo de un lado de la línea ferrea. La hormiguita que no podía vivir sin su culo, decidió entonces regresar para recuperarlo. En su intento, otro tren pasó y la mato». La moraleja de este chascarrillo era que no hay que perder la cabeza por un culo.

En ese momento, el capataz se le quedó mirando al sombrero y le preguntó:

— ¿En dónde consiguió ese sombrero? ¡Es bien *plantoso*!

— ¡Es un regalo de mi viejo! ¿Por qué?

— ¡Me gusta!... Y quería ver si me lo vendía o cambiaba.

— ¡Venderlo... nunca! Pero te lo puedo prestar por un rato si prometes cuidarlo cómo la niña de tus ojos.

— ¡De verdad! —El chico se quedó sorprendido y agradecido por el gesto de confianza que le hacía.

En ese mismo instante intercambiaron las prendas y Santiago se sintió *bien hueco*, como dicen los chapines cuando alguien se siente agrandado e importante.

Al despedirse, quedaron en verse al regreso de su viaje que según los cálculos, no pasaría de un mes. Desde ese momento, Santiago fue otro hombre y aplicando las reglas del puto comenzó a tener suerte con las mujeres. Claro que este grado de gracia divina le duró muy poco porque la tentación de una mujer casada lo llevó a perder la cabeza.

Mientras tanto, Ramón comenzaba otra de sus aventuras por tierras guatemaltecas

FIN

EPILOGO

Mientras Ramón seguía haciendo de las suyas en tierras del quetzal, en su terruño querido su padre recibía la mala noticia que su hijo se había muerto. Lo velaron y lo enterraron con los honores que solamente un hombre querido puede recibir, rodeado de mujeres y amigos.

Eso sí, su regreso provocó la alegría de muchas y el enojo de otros. Aunque su pasaje fue fugaz, porque se fue a la capital para finiquitar el negocio con el coronel y cumplirle la promesa a doña Isabel.

En la capirucha, se volvió a encontrarse con la hija del coronel, María Isabel que se había convertido en la administradora del padre. Ésta, a su vez, lo llevó a conocer a Luz y a su hija Marcela con quienes tuvo una historia interesante.

Ramón queriendo huir del problema en el cual se había metido al darse a golpes con el exnovio de María Isabel, decide marcharse del pulgarcito de América en compañía de Luz y su hija Marcela hacia tierras mexicanas.

Después de dejar a la hija establecida, Luz invita a Ramón a darse una vueltecita por las playas de Acapulco para disfrutar de su compañía. Regresan a tierras guanacas brevemente porque su cabeza todavía tiene precio, así que se mantiene en constante movimiento hasta que el coronel le ayuda a tranquilizar las aguas.

Ese año de mucho movimiento le hace visitar otros territorios ya que se hace amigo de un procurador y especialmente de la hermana de éste. Con ella, visita varios paises hasta que terminan su relación.

Al regresar a su campo, se encuentra con la novedad que algunas personalidades habían crecido social y económicamente. Entre ellos, el personaje del zorro había adquirido mucho renombre por el contrabando de armas y el secuestro de mujeres para su placer.

A pesar del ausentismo, su carisma y popularidad se había mantenido. Según se supo, después que los soldados enviados por su amigo el coronel habían llegado preguntando por él. Los rumores comenzaron a circular y las anécdotas crecieron a ritmo acelerado.

Con la muerte del zorro, el puto se vió involucrado sentimentalmente con la mujer de éste que, a su vez, le trajo otros problemas de faldas.

Tiempo después, la muerte del padre le cae por sorpresa y sentimentalmente se ve afectado. En ese momento comienza a entrarle al trago por un buen tiempo. Se vuelve a alejar del lugar busando otros aires y a su regreso, decide poner en práctica uno de los consejos del progenitor: decide casarse, aunque antes de realizar la acción se pone claro con la futura pareja. Se casa, pero no deja su vida de tunante.

Las amistades que poseían el poder en esa zona lo empujan a postularse para alcalde y gana las elecciones sin mayores problemas. Su popularidad bastó y sobró para alcanzar el triunfo. En esta nueva etapa de su vida, su amor por la vida alegre y las mujeres alcanza límites muy altos. Nacen sus primeros hijos y aunque a su mujer no le falta nada ni economica ni como esposa, ésta lo traiciona con un maestro.

Ramón termna su mandato y renuncia a volver a proponerse al cargo. La traición de su mujer lo marca pero tranquilamente lo supera dándole la razón.

El puto se entregó a la perdición y terminó sus días como él siempre lo deseó: entre los brazos de una mujer.

ROBERT MAXIMILIAM

Herbert Lemus Rivera escritor de nacionalidad salvadoreña, orieundo del departamento de Ahuachapán, conocido como Robert Maximiliam. Realizó sus estudios universitarios en la Universidad Centroamericana «José Simeón Cañas», UCA.

Escritor multifacético con un estilo sencillo, florido y tradicionalista. Sus escritos exponen de manera peculiar el paisaje del campo salvadoreño. Su narrativa romántica plasma de manera especial el lenguage propio del guanaco y deja una huella única en el universo literario del pulgarcito de América.

Entre sus obras más emblemáticas, están: Romax, una historia de amor; EL PEDO, el diario escolar; El SAPITO; Cuento LOS GUANACOS y LAS PUPUSAS; Poemario: ENTRE MUSAS Y BURBUJAS, AUTORETRATO; FABULEANDO EL TIEMPO, cancionero BACHATEANDO EL AMOR, LEXICO GUANACO y CARTAS DE AMOR NUNCA LEIDAS.

Colección de la obra: Ramón Buenavida, El Puto.

1-   EL PUTO en LECCIONES INTIMAS

2-   EL PUTO en LECCIONES PRIVADAS

3-   EL PUTO en LA CAJITA MAGICA

4-   EL PUTO en JUVENTUD DIVINO TESORO

5-   EL PUTO en AMORES SACROS

6-   EL PUTO en AMORES FESTIVOS

7-   EL PUTO en AMORES DE PALENQUE

8-   EL PUTO en AMORES CAPITALINOS

9-   EL PUTO en AMOR A LA MEXICANA

10-   EL PUTO en VAGANDO POR AMOR

11-   EL PUTO en LA MUJER DEL ZORRO

12-   EL PUTO en AMOR ARREGLADO

13-   EL PUTO un EL ALCALDE DEL AMOR

14-   EL PUTO en JODIDO POR AMOR

15-   EL PUTO, en MORIR EN EL AMOR

16-   EL PUTO en EL HIJO DEL PUTO.

www.ingramcontent.com/pod-product-compliance
Lightning Source LLC
Chambersburg PA
CBHW030134260626
47156CB00008B/2940